ちくま文庫

ここが私の東京

岡崎武志

JN095834

筑摩書房

ここが私の東京

岡崎武志

目次

装画・挿画　牧野伊三夫

佐藤泰志

報われぬ東京

山下敦弘監督により『オーバー・フェンス』が映画化され、二〇一六年秋に公開が決まった。その試写を東京・大崎「イマジカ」で、二〇一五年の歳末に見せてもらったが、佐藤泰志もついにここまで来たか、と感慨があった。『海炭市叙景』（熊切和嘉監督）、『そこのみにて光輝く』（呉美保監督）に続く函館三部作最終章と位置づけられている『オーバー・フェンス』は、一九九〇年に自殺という幕引きをした不運の作家・佐藤泰志の短編が原作となっている。おそらく、一九九〇年時点で、佐藤を知る誰一人として、予想できなかった事態だったはず（その後、二〇一八年『きみの鳥はうたえる』（三宅唱監督）、二〇二一年『草の響き』（斎藤久志監督）が映画化公開）。

村上春樹、中上健次などと同時代人として作家活動を続け、芥川賞候補に五度も挙がりながらいずれも逃した。生前に出た著作は三冊。死後にも三冊が出たが、それぞれ世紀をまたぎ越す頃には全作品が絶版となっていた。以後、人の口に上ることもほとんどなく、忘れ去られる運命が濃厚だった。

東京・吉祥寺の一人出版社「クレイン」が、どうしても忘れさせるわけにはいかないと、『佐藤泰志作品集』を出版したのが二〇〇七年。上下二段組で七百ページ近い大著で、「海炭市叙景」を始め、主要作品とエッセイ、詩などを収録した。当時佐藤の本はいずれも入手困難になっており、これで初めて出会った読者も大勢いたのである。

帯には「最後まで書き続けた――／〈ここにある生の輝き〉／けっして忘れてはならない作家が／いま復活する！」という文字が躍っていた。この時、眠っていた地殻に変動が起きた。これを読んだ函館在住の映画プロデューサーが「海炭市叙景」の映画化を発起、仲間を募って動き出し、ついに実現した。映画公開（二〇一〇年）に合わせて、これも函館出身の編集者により、小学館文庫から原作が出版されたのだった。しかも増刷を重ね、よく売れた。以後、再評価の機運が高まり、河出文庫と分け合いながら、全著作が文庫化、単行本未収録の作品集まで作られた。ちなみに、生前、佐藤泰志は一度も文庫化されていない。

そして二本の劇映画に加えて、北海道出身の映画監督・稲塚秀孝によるドキュメント『書くことの重さ 作家 佐藤泰志』が作られ、再評価はつかのまの花火ではないとわかったのである。佐藤には気の毒な言い方になるが、不遇だった生前には当たらなかった初めての光とも言えるできごとで、文学史上に起きた一つの奇跡だった。

私は一連の騒動が起きる以前に、佐藤の『海炭市叙景』と出逢い、あまりの素晴らしさに感動したことを小文にしたため拡散アナウンスに努めた。そんなこともあり、なんとなく応援団の一人として、佐藤に関するイベントの司会をしたり、講演やトークショーをするようになっていた。原稿依頼も各種舞い込み、小学館文庫版『移動動物園』の解説を担当し、「週刊読書人」では、堀江敏幸さんと佐藤について対談もした。不謹慎を承知で言えば、佐藤泰志特需とも言えるほど関連の仕事が数年間、続いたのである。

佐藤の再評価とその後の祭の火付け役は、まちがいなく作品集を出したクレインの主宰者・文弘樹だが、その火をつけるためのマッチを擦るぐらいのことは、私もしたという自覚はあった。佐藤の遺した作品が、一連の仕事をこなすなかで、親しく、徐々に体になじんでいったのである。

私が佐藤に大きく関心を持ったのは、同じ東京・国分寺市の住民という点であった。佐藤の作品にしばしば登場する国分寺やその周辺の町（国立や立川）の風景は、私が数十年遅れぐらいでそこに住み、暮らし、見たものだったのである。国分寺には、一時期、佐藤と同い年の作家・村上春樹も住んでいたことがある。にわかに、住むまでは縁のなかった国分寺という町がうっすらと輝き始めたような気さえしたのは、佐藤泰志作品との出逢いがあったからだ。

はるばる来たぜ函館へ

こういうところに名前を出すのはどうかと思われるが北島三郎の話である。サブちゃんの出世作となった「函館の女《ひと》」というヒット曲について、テレビでおもしろい話をしていた。一九六五年にヒットしたこの曲の作詞は星野哲郎だが、最初に予定されたタイトルは「東京の女」だったというのだ。つまり星野が書いた詩は、当初「はるばるきたぜ　東京へ」になっていた。上京の歌だ。ところが、北島はこれを「東京へ」ではなく「函館へ」に変えてくださいと直訴したという。作詞家の大先生（演歌や歌謡曲の歌手は作詞、作曲家を例外なく「先生」と呼ぶ）に対して異例のことだが、星野はこれを受け入れた。そして、あの名曲ができた。

北島三郎と佐藤泰志には、じつは意外な関係があった。北島は一九三六（昭和十一）年、北海道・知内村の出身。しかも通った高校が、湾を望んで山の中腹にある函館西高校であった。佐藤も十三年遅れの函館西高の後輩なのである。しかし、北島は同校を卒業はせず、在学中の十八歳の時、中退して歌手になるため東京へ出ていく。一九五四年のことだった。だから、気分としては「はるばる来たぜ　東京へ」の方が合っていたはずなのだが、あえて捨てた女と再会するために函館へ渡る男の歌を選んだ。

井沢八郎（「あ、上野駅」）を代表とする、上京していく地方出身の男たちの心情を歌う歌謡曲が流行するなか、これは珍しい逆の選択であった。だが「さかまく波をのりこえて」追うイメージは、たしかに東京では似合わず、函館だからこそ、北島三郎は地元の名士となり、記念館まで作られたのである。

さて、北島に遅れること十六年、一九七〇年に上京していくのが佐藤泰志であった。國學院大學文学部哲学科に入学するための上京で、高校卒業後、函館で二年、浪人していた。そのため先に東京の大学に合格し、上京した同級生とはズレが生じた。大学に入学した時はすでに二十一歳になっていた。最初に住んだのは中野区上高田。上高田は中野区の東部、明治末から大正期にかけて浅草・四谷・牛込などから移転してきた寺が集まる「寺町」だ。最寄り駅はおそらく西武新宿線「新井薬師前」。

東京に土地鑑のない佐藤がここを最初の足場として選んだのは、上高田というより、「柳荘」にあった。佐藤と函館西高の同級生（ただしクラスは違う）で、上京してから東京でつき合いのあった西堀滋樹が「中野の犬たち　泰志との時間」（『佐藤泰志　生の輝きを求めつづけた作家』河出書房新社）の中で書いている。

「柳荘」は、高校同期の北村巌がひと足先に上京し、住んでいたアパートで新井薬師近くにあった。ここは「函館時代の仲間や後輩たちのたまり場になっていて、昼夜なくそこに集まっては議論を闘わせたり、デモ帰りの格好の寝床になっていた。その頃、近くのブロードウェイの明屋《はるや》書店でアルバイトをしていた泰志も、ちょくちょく顔を出し始めるようになった」という。

中野ブロードウェイは、中野駅北口にあるショッピングビルで開業は一九六六年。佐藤が、いまも同ビル内にある「明屋書店」で働き始めた頃は、まだ出来たばかりのビルだった。低層が商業施設で、中・高層がマンションとして使われ、かつて青島幸男や沢田研二が住んでいたことで知られる。ここが全国的に注目されるようになったのは、一九八〇年に入居した中古漫画専門店「まんだらけ」が発端だ。同店はマニアやおたく相手に勢いを得て、どんどんビル内に店舗拡大で増殖していき、それにつれて関連のアニメ商品、フィギュアなどを扱う店が軒を連ねる魔窟と化す。ついには「サブカルチャーの聖地」とまで呼ばれるようになった。

西堀によれば、佐藤とその仲間は、「柳荘」の一室を発行所にして「黙示」というガリ刷りの同人誌を作るようになる。一年半の間に六号を出した「黙示」は「政治、思想、文学、そしてサブカルチャーが入り交じったごった煮の同人誌だった」。政治の季節が終わり、映画や音楽、マンガなど周辺とされた文化が「サブカルチャー」と名付けられ市民権を得たのが七〇年代であった。佐藤もジャズに溺れ、映画館に通い、小説のタイトルにビートルズを引用（「きみの鳥はうたえる」）した。サブカル世代の申し子でもあったのだ。

相変らずぼくは踏切りで待つ

同い年で、佐藤と同じく文学以外のジャズや映画からも多くの富を得た村上春樹は、佐藤より二年早い一九六八年に神戸から上京してくる。住んだのは文京区目白台の高台にある「和敬塾」。ここでの生活は『ノルウェイの森』で描写されている。

同時代を生きた作家の上京時期を見ておくと、一九四六年生まれの中上健次は六五年に故郷・和歌山県新宮から、四七年生まれの立松和平は栃木県宇都宮市から六六年、一九五二年生まれの村上龍は長崎県佐世保市から七一年に、それぞれ上京してきている。ここに、四七年生まれの山口文憲（静岡県）、四八年生まれの吉岡忍（長野県）、四九年生まれの関川夏央（新潟県）などのライターグループ、四九年生まれで言えば、詩人・荒川洋治（福井県）、フォーク歌手の南こうせつ（大分県）、フォーク歌手で作家の中川五郎（大阪府）たちをこの一群に加えてもいいかもしれない。

一九六〇年代半ばから七〇年代初頭にかけて、各地方から相次いで上京してきた若者たちが、のちの出版、音楽界の中心人物になっていく。

佐藤泰志が上京した一九七〇年とは、どういう年であったか。三月に大阪万博が開幕、この昂揚は高度経済成長の総決算であり終止符と言えた。日航機よど号ハイジャック事件、ビートルズ解散、日米安保条約の自動延長による安保反対統一行動があり、十一月二十五日には三島由紀夫が割腹自殺する。いつもどこかで、何かが起こる騒々しい時代であった。中心たる一九七〇年の東京は焦げるように熱くなっていた。

高校時代から学生運動にかかわった佐藤は、國學院大學に通いつつ、街頭デモに参加した。七一年には、同級生で、のちに夫人となる二つ年下の漆畑喜美子と中野区上高田で同棲を始める。林静一の漫画「赤色エレジー」と、あがた森魚による同名タイトルの歌とかぐや姫の「神田川」、あるいは上村一夫の漫画「同棲時代」など、「同棲」も七〇年代初頭を飾るキーワードだったのである。佐藤は函館時代、早くから文才を発揮し、他校の生徒からも注目されていたが、優秀な若者が全国から選抜されて来る東京では、一人の若者に過ぎない。七〇年代という時代の目立たぬ若者の一人だったのだ。

佐藤は高校時代から詩も書いていた。一九七一年の作に「走光」という短い作品がある。その中に「遮断機のあがるのを／まっているあいだに、／人達の暗い／顔をひときわくもらせて／走れ、光！」というフレーズを見つけて驚いた。井上陽水の「あかずの踏切り」という曲が、いつまでも上がらない遮断機の踏切りで、「相変らず僕は待っている」歌なのだ（一九七三年アルバム『もどり道』に収録）。

井上陽水は一九四八年生まれ。佐藤より一つ歳上で、六九年に故郷の福岡県田川郡糸田町から上京している。北から南から上京した同世代の若者が、七〇年代初頭に東京で、「踏切り」を待つ男を題材に詩を作っている。彼らは何を「待つ」のだろうか。

陽水が博多のライブ喫茶「照和」で歌っている頃、「西鉄福岡市内線」という市電が福岡市内の街なかを走っていた。佐藤が青春時代を過ごした函館では、いまでも路面電車が走る。今は廃止された福岡市電がどうだったかはわからないが、函館の市電にはたしか踏切りはなかったはずだ。西武新宿線「新井薬師前」はいまだ地上駅で、東西に二カ所踏切りがある。後に利用する国鉄「国分寺」駅も踏切りがあった。佐藤は、踏切りで電車を待つという行為を、上京して初めて体験したのではないか。そんなことさえ、地方出身者にとって新鮮なのである。

なぜか国分寺

佐藤の東京での移転記録を追うと、「国分寺市」で繰り返し居を移し、住み直していることが目につく。国分寺の歴史は古く、遠く聖武天皇の御代に、武蔵国分寺が建設されたことに由来する。武蔵野段丘の高台に位置し、おおむね平坦な地であるが、中央線の南側に崖線を持ち、独特な地形は「ハケ」と呼ばれる。大岡昇平「武蔵野夫人」は、このハケを背景に展開する恋愛小説だ。

年譜によれば、最初に国分寺に住んだのが一九七二年「国分寺市戸倉」。七三年に「東元町に転居。さらに国分寺市本多に。短期間に市内を転々とする」。七四年に「戸倉に戻る」。七六年には「八王子市長房の都営団地」に移るが、一度函館に帰った後、八二年に再び上京して住むのは、やはり「国分寺市日吉町四丁目」。八四年には同じ町の「三丁目」に移って、死の日までここに居を構える。首を吊ったのは日吉町・自宅近くの植木畑であった。私は国分寺市在住者として、佐藤を読む時、いつもそのことを意識する。

国分寺は中央線にあって、高円寺、吉祥寺とともに「三寺」と呼ばれ、七〇年代以降、独特の中央線文化を育んだ町だ。作家や編集者、ミュージシャンや演劇人、漫画家などがこれらの街に多く住みついて往き来していた。地方から上京してきた若者が、憧れを背負ってこれらの街でアパートを探した。私もその一人だった。しかし、七〇年代から八〇年代当時、高円寺や吉祥寺に比べれば、国分寺は地味ではなかったか。とくに佐藤が国分寺に固執した理由は何だろう。この街がよほど気に入って、離れられなくなったなどという記述は見当たらない。最初に住んだ頃、まだ渋谷にある國學院の大学生だったから、通うにはやや不便である。考えられるのは、家賃が都心に比べるとまだ安かったということか。芥川賞候補になった「きみの鳥はうたえる」（一九八一年「文藝」）の二十一歳の「僕」は、書店で働きながら、畑の前にあるスーパーマーケットの二階で、友人の静雄と共同生活をしている。静雄の腹違いの兄がアパートを訪ねてきて、応対した「僕」との会話。

「東京にもこんな場所があるのですね。環境のいいところじゃありませんか」

「この辺は家賃が安いんです。住んでいるのはそれだけの理由ですけどね」

高い建物もなく、畑が広がるような田舎臭い風景を見て、他所から来た人が使うお世辞が、たいてい「環境のいいところ」である。

そこで思い出すのが村上春樹だ。一九七四年、それまで文京区千石の陽子夫人の実家に同居していた村上は国分寺に転居。春に、駅からすぐの場所でジャズ喫茶「ピーター・キャット」を始める。村上は上京後、しばらく「和敬塾」に入寮していたが、のち三鷹のアパートに引っ越しをする。三鷹と国分寺はわりあい近いが、それでも国分寺に土地鑑があったとは思えず、店を始めるにあたって、やはり「きみの鳥はうたえる」の「僕」と同じく、「この辺は家賃が安い」という理由で選んだ町ではなかったか。

同い年の北からと南からの上京者で、ともに文学とジャズが好きという共通点がありながら、佐藤と村上が国分寺で邂逅した形跡は見当たらない。ここに佐藤と国分寺について一つつけ加えるとすれば、競馬狂にとって府中の東京競馬場の存在は大きかった。国分寺駅南口から府中への直通バスが出ている。これは国分寺での、佐藤泰志イベントの際、かつての友人だった男性から聞いた話だが、佐藤は競馬に熱中するととことん金をつぎ込んだらしい。帰りのバス代までなくなると、家まで歩いて戻り、金を工面して再び競馬場へ舞い戻るということもあったという。佐藤が住んでいたあたりから、東京競馬場まで歩くとしたら、おそらく七キロは離れているはずだ。

足裏の土の感触を描く

のち佐藤は、函館をモデルにした「海炭市」という架空の街を舞台に、さまざまな職業の、さまざまな人生を造形していくのだが、東京では国分寺を中心に、周辺の国立や立川が実際の地名そのままに小説に現れる。

一九七七年六月号に新潮新人賞候補作として掲載された「移動動物園」は、初期作品としてもっとも成功した中編だと思われるが、国分寺の恋ヶ窪を中心に話が進む。園長のもと、道子という女性と達夫という主人公が、ヤギやウサギ、リスなどをマイクロバスに乗せて幼稚園などを巡回する「移動動物園」を運営している。その本拠地が、西武国分寺線「恋ヶ窪」駅近くにあるらしい。一人熱中して移動動物園を続ける園長に対し、達夫はひどく冷めている。「恋ヶ窪の駅のホームで電車を待っている最中も、園長はご機嫌」だが、一緒にいる達夫は「人のまったくいない、ただ陽ざしだけが降りそそいでいる下りのホームに眼をやっていた」。そして「夢を見る力だけじゃ、なんにもできないんだからな、そうだろ、達夫?」と自問自答するのだった。

園長は動物を飼うのに、不動産屋から「ただみたいな値段で」空地を借りている。しかし、来年の夏には建売住宅か貸店舗が建つ予定で、いずれ別の土地を探さねばならない。恋ヶ窪駅近くは国分寺市役所、中央郵便局、図書館などがあるために、私も必要があって、よくうろつくエリアだ。この作品から四十年近くたった今も、周辺に畑や雑木林が広がっている。「建て売り住宅か貸店舗」などが建て込む前は、あたり一面がおそらくそういう風景だったのだ。竹林と屋敷林を抱く宏大な敷地の農家もあるが、その脇道は、つい四、五年前まで舗装されずに土の道だった。

他の国分寺とその周辺を扱った佐藤の作品を読むと、犬や小動物が多く登場するのと、土や草の匂いが濃厚に伝わってくる。「移動動物園」で、動物を飼う空地の草を刈るシーン。

「マイクロバスの周囲の草の生えていない地面は乾燥しきっていて、運動靴をはいた

達夫の足裏に土の固い感触が伝わった。（中略）刈った草のうえに投げだしたままにしてある鎌のほうへ歩きながら達夫は軽口を叩いた。屈んで鎌を取ろうとすると、草と土の匂いが達夫を包みこんだ」という描写はその一例。「きみの鳥はうたえる」で「僕」が住むアパートの前の畑は以前は麦畑で、最寄りのバス停でバスを降りた主人公の足に「地面が湿って、空気はしっとりしていた」と土の感触が描かれている。

まちがいなく「東京」を舞台にした作品ながら、こうなると都市小説とは呼べない気がしてくる。たとえば中央線で移動していたとするなら、新宿へ行けば、ビルや百貨店、混雑する人ごみ、路地裏など、都市としてのデザインは用意されていた。ロードショーを見たり、紀伊國屋書店で本を買ったり、「ピットイン」や「DUG」で好きなジャズを聞くなど、七〇年代新宿は、二十代の若者の欲求を充たすものであふれていたはずである。しかし、佐藤は新宿を描かない。通った大学のある渋谷周辺も描かない。

一九七〇年七月、光化学スモッグが東京を覆い、都の公害研は「世界で初めての複合汚染」と研究発表した。これを受けて、八月には都が光化学スモッグ予報を始める。高度成長の六〇年代、大気や河川の汚染は経済発展の優先の前に問題とされなかった。

新宿や渋谷で、土の匂いをかぐことなど、できなくなっていたのではないか。東京に住みながら、一九七〇年代の国分寺は、佐藤が上京するまで暮らした北の街「函館」より、はるかに田舎くさい街だった。

国分寺には、その頃、動物を飼って周辺住民から苦情が来ないのどかな風景があったに違いない。佐藤が国分寺で暮らした日吉や戸倉は、恋ヶ窪の隣り町だ。国分寺駅、恋ヶ窪駅、あるいは七三年に開業したばかりの西国分寺駅や国立駅をそのつど最寄り駅としていただろう。

大著の評伝『佐藤泰志』を書いた詩人・福間健二は、国分寺時代の佐藤の親友でもあった人。佐藤との関わりを書いた「国分寺」（1・2）という詩がある（「ジライヤ」六号一九九一年三月／佐藤泰志追悼特集）。「1」にはこんな個所が。

「彼は言った／まったく何もないというところはない／どんな場所にも何かある／国分寺の北町か並木町には／牛のいる牧場がある／国分寺の牛を見に行こう」

「彼」が佐藤泰志だ。ここに出てくる町名「北町」「並木町」は、私が住む町の北側に五日市街道を挟んで南北に分断されたエリアで、北限に玉川上水が流れる。よくよく知る場所なのだが、いまも一帯に畑が広がり土の匂いがする。さすがにもう牛は飼っていないようだが、四半世紀前ならさもありなんと想像させる。

「国分寺2」には「福祉会館の図書室からリンゴを盗み／純喫茶「銀嶺」を爆破し／玉川上水の落葉を踏み」という一節がある。二〇一一年四月二十五日に福間は「国分寺の喫茶店『銀嶺』（だったと思う。いまは、ないです）で、佐藤泰志と初めて会ったとき、彼は、ふるえていた。1972年。あのときから始まって、まだ終わっていないもの、のことを思う」とツイッターに書き込みをしている。喫茶「銀嶺」がどこにあったか特定できなかったが、私にも見当のつく喫茶店が、福間健二夫人・恵子の一文「佐藤泰志と競馬とわたし」（前出「ジライヤ」）に登場する。

福間恵子が最初に佐藤と会ったのは一九八四年二月。この四月より岡山から東京へ引っ越してくるため、福間夫妻は家探しのため、一度上京していた。その機会に二人して佐藤に会った。福間健二と佐藤の間には五年の絶交期間があり、ひさしぶりの再会であったという。佐藤の作品を読み、ファンになっていた恵子は、本人を目の前にドキドキしていた。その時の様子が次のように書かれる。

「今ではもう初めて会ったときの佐藤泰志の顔をよく思い出せない。けれどもあのとき、国分寺駅前のパチンコ屋の上の喫茶店で、彼のタバコを持った手が小刻みにふるえていたのは、よくおぼえている」

「駅前のパチンコ屋の上の喫茶店」で、私にもすぐ「ああ、あそこか」とわかった。今は再開発ですっかり変貌した北口に、たしかに「珈琲専門店ＡＭＩ（アミー）」があった。一緒に立ち退きとなった一階のパチンコ店は「ナポリ」だ（店内に電話ボックスがあった）。二〇一三年五月頃に、両者とも閉店したようである。つい最近まで、佐藤が国分寺にいた痕跡が、駅前にも残っていたのだ。

マクドナルドでハンバーガー

「きみの鳥はうたえる」には、国立の街が出てくる。一九二六年前後に、狐や狸の棲む雑木林を、箱根土地株式会社（現・プリンスホテル）が開発、東京商科大学（現・一橋大学）などを誘致することで学園都市として発展してきた。作家の山口瞳が住んだ町としても知られている。

佐藤は八王子市の都営住宅に住みながら、一九七七年九月から、同市の一橋大学生協で調理員として働いていた。季節は佐藤の作品に多く選ばれる「夏」で、むせかえるような熱い大気は、そのまま主人公たち若者の焦燥である。

だからこそ、佐藤の小説では、登場人物がよくプールへ行く。ほてった頭と体を冷やす意味もあったろうが、汗と体の汚れをプールで落とすつもりも、そこに含まれていたのではないか。銭湯へ行って、ひと汗流すという記述が、あまり見当たらないからだ。

「きみの鳥はうたえる」には、国立駅前から一橋大学あたりまでの風景が描かれているが、オヤと思ったのが「マクドナルド」が登場するシーンだ。少なくとも「移動動物園」と「きみの鳥はうたえる」で、若者食の定番である牛丼や立ち食いそばやラーメンを登場人物が食べた形跡が見当たらない。「食」にあまり関心がないのが、佐藤の作品の特徴と言ってもいいぐらいだ。

「きみの鳥はうたえる」でチェックすると、ここで二十代の若者が口にするのは、トマト、アーモンド、じゃがいも、恋人の作った朝食のトーストとハムエッグぐらい。あきれるぐらい小食である。函館へ舞台を移した「そこのみにて光輝く」では、スリップ姿の千夏が作ったチャーハンが印象的で、達夫も自分の部屋でスパゲティを作って食べる。それでもやはり、食に関しての記述は、ひどく消極的な佐藤であった。

そんななか、「マクドナルド」が出てきて、ちょっと驚いたのだ。アメリカ産の巨大ハンバーガーチェーンが日本へ上陸したのが一九七一年。銀座「三越」内に出来たのが一号店だ。以来、一九九九年には三千店を超す膨張ぶりをみせるが、国立駅前に出来たのはいつか。長年国立に住む知人に問い合わせたところ、記憶では一九七二年頃のことらしい。「当時、だんご屋のあったビルがマクドナルドになりまして、開店当時は大学通りを折れたあたりまで行列が出来てました。しかし、中学生のぼくには、ちょっと高くて、駄菓子を買うようには食べられなかった。その後、ビルは一度建て替わっています」と話してくれた。マクドナルドのハンバーガーは百円（二〇二二年十一月現在百五十円）という認識のある現代の若者には想像つかないかも知れないが、当初はそんなに安くなかった。

佐藤が一橋大学生協に勤務していた一九七七年、マクドナルドのハンバーガーは一個百五十円した。大学卒の初任給が九万七千円、国鉄初乗りが六十円、ラーメンが二百八十円ということから現代に換算すると、三百円ぐらいか。

「僕」が注文したのは「チーズバーガー」で、価格はさらに一割増しほど。一つしか頼まないのはお金がないせいで、恋人の佐知子が店に現れると、さらに追加注文してもらい、三個を「がつがつ」食べる。佐藤の登場人物がこのような旺盛な食欲を示すことは珍しい。

「僕」が肉体関係を持つ「佐知子」という女性は、「国立の商業大学の敷地が途切れたところにあった」家に住んでいる。駅からは「十分かそこらで」着く。タクシーで帰るという彼女を、送って行く「僕」は「街の人間が大学通りと呼んでいる広々としたイチョウ並木のそばを歩いた」。大学通りの広い歩道沿いに植わるのはイチョウとサクラで、春と秋にはとくに散策する人が多い。

この「国立の商業大学」の「国立」は、少しややこしいが「くにたち」ではなく「こくりつ」と呼ぶべきで、一橋大学のことを指している。国立〈くにたち〉を象徴する存在である。国分寺と接する市ながら、国立という街は成り立ちも雰囲気もずいぶん違う。国立は、一橋大学以外にも東京女子体育大学、桐朋の小中高、七八年まで国立音楽大学もあった。文教都市に指定され、パチンコ店や風俗店は出店できず、建物の高さ制限もある（高層マンション建設で揉めたことも）。

偽善的な匂いがするほど、健全で清潔な町である。佐藤が馴染めたとは思えないのだが、ここも一つの「東京」として、作品の中でスケッチされている。

「きみの鳥はうたえる」の「僕」が、同居人の静雄と国立の映画館で映画を観ている。「オデヲン座」といい、「大学通りの一本東側に入った道にあるのだった」と書かれているが、実際にあったのは「国立スカラ座」だ。「オデヲン座」は新宿、中野、阿佐谷など中央線沿線にあった映画館のチェーン店だが、国立にはない。もともと文教地区の国立に唯一あったのが「国立スカラ座」で、二番館の名画座だった。七〇年代ぐらいまでは客でにぎわったが、一九八六年に閉館し、以後、この街から映画館は消えた。佐藤がもしそのまま生き延びていたら（二〇二二年で七十三歳）、現在の国分寺界隈に住み続ける意味は失せていたような気がする。

連絡船の着く港

さらに「上京者」佐藤が異色なのは、なんといっても連絡船に乗って故郷を後にしていることだ。代表作にして最後の単行本となった『海炭市叙景』でも、本州と海峡を挟んで遠く離れた町を結ぶ「連絡船」が、随所に重要な役目を担って登場する。

十八編からなる連作短編集である『海炭市叙景』は、函館を思わせる海峡を越えた北の街を「海炭市」、東京を思わせる中央の都市を「首都」と名付けて物語が進む。よって「青函連絡船」も、ただの「連絡船」とだけ呼ばれる。第一章「二」の「青い空の下の海」は、いきなり「連絡船」に乗る男女の姿から書き出される。

「連絡船が海峡に出かかり、山の裏側を迂回する頃、彼はひとりで甲板に行った。真冬の甲板は吹き晒しでひどく冷たい。連絡船のたてるしぶきが、髪や顔を濡らす。毛穴が縮み、いっぺんに皮膚が強張った」

「彼」とは小説家志望の若者で、妻となる女性を故郷の海炭市に住む両親に紹介するために帰省してきたのだと後にわかる。その役目を終え、二人は現在住む、首都（東京）へ戻るところなのだ。『海炭市叙景』は、さまざまな職業、性別、年齢の人生が描き分けられていることが大きな特徴で、ずっと自分と等身大の人物を主人公に小説を描き続けてきた佐藤にとって、大きな飛躍を見せた作品だった。

しかし、この「青い空の下の海」の「彼」には、現実の佐藤の姿が色濃く投影されている。佐藤は大学在学中に結婚をし、国分寺、八王子など東京の西郊の街を転々とする。同人誌に小説を書き続けるうちに精神が不安定になり、自殺未遂を図っている。そのこともあり、一九八一年には、一度両親の住む函館市に戻っているのだ。再び上

京するのが八二年の春。佐藤は「連絡船のたてるしぶき」を、何度か甲板で浴びている。

青函連絡船は、一九〇八（明治四十一）年に開業し、八八年三月の青函トンネル開通とともに、その役目を終えた。九〇年に自らの人生に終止符を打った佐藤は、この「国境の長いトンネル」を鉄道で越えたことがあっただろうか。

佐藤が東京人となった頃、故郷の函館との距離は、気分としては今より遥かに遠かったはずだ。青函連絡船の函館から青森までの所要時間は約四時間。そこから、青森発の、たとえば代表的な特急「はつかり」に乗って、終着駅・上野まで約十時間かかった。連絡船と青森発の特急ないし急行は、乗換の接続がうまくいくようダイヤが組まれていたようだが、それでも十六時間はかかる。これは一日仕事であった。いま、函館から東京まで、所要時間一時間半の航空機を使えば鉄道への乗換を含めても三時間ぐらいで済む。ちょっと比較にならない差だ。

『海炭市叙景』第一章「三」の「この海岸に」では、首都での団地暮らしに見切りをつけ、まだ幼い娘と妻を連れ、「海炭市」へ戻った満夫という三十歳の男性が登場。彼は「首都」で荷造りし、家財道具を積み込んだコンテナが連絡船で到着するのを今か今かと待っている。石油ストーブさえない空っぽのアパートで、寒さに震えているだろう妻子を思いながら、男はひたすら連絡船を待つ。ここでも「走光」という詩と同じく、やはり「待つ」男だ。

「コンテナは来ない。とことん待ってやる。防波堤を見、視線を右に移す。海はなだらかに湾曲し、ぶ厚く雪に塗り込められた山を見た。雪が完全に溶けるのは、四月に入ってからだ。その時の、いいしれぬ解放感。春は確実に、春そのものとしてやってくるのだ」

前出の西堀滋樹によれば、高校生の頃、西堀たちはよく西高の校舎の屋上で、函館港を出航する連絡船を眺めていたという。

「ちょうど、羽田空港近くの橋の上で全学連の学生が機動隊と衝突して死んだ頃のことだ。卒業したらあの連絡船に乗って東京に行き、一刻も早く学生運動の隊列に加わるのだ、そんなはやる気持ちを抑えられないでいた」（「中野の犬たち」）

西堀は、時折同じ屋上に、佐藤泰志の姿を目撃していた。佐藤もまた「はやる気持ち」で、連絡船に乗る日を待っていた。ついに連絡船に乗って上京する日はやってくるのだが、一度外へ出てから改めて眺めた故郷は疲弊していた。

「この街へ帰って来ても、ろくな仕事にはありつけない。（中略）炭鉱が潰れ、造船所は何百人と首切りをはじめた。（中略）もう希望を持つことのできない街になったのかもしれない」と、「この海岸に」の満夫に、父が言う。そんな絶望の町で、満夫ができることは、ただ待つだけなのだ。連絡船の乗せてくるコンテナ、そして春。あるいは……。

「踏切り」のようなもので、行く手を遮断された男たちを、佐藤は小説で描いてきた。佐藤の作品が、二〇一〇年代になって再び読まれたのは、長期停滞する現代日本に同様のものを読者が感じたからではないか。佐藤は上京することで、一旦「踏切り」が開いて前に進んだような気がしただろう。しかし、「踏切り」はそこにずっと留まっていれば、また次の電車が来る時に閉まってしまう。

佐藤泰志が死を選び取った一九九〇年以来、日本そのものの「踏切り」が降りて、我々はただじっと黙って待っているような気がする。「踏切り」を自分で降ろしたのが佐藤泰志なら、その作品が、彼が生きていた時代より、いま身に沁みてくるのは、むしろ当然のことかもしれない。

出久根達郎の月島

東京のなかに島がある。

その島に向かって、スクリーンのなかを男が歩いていく。小津安二郎監督、戦後二作目『風の中の牝雞《めんどり》』（一九四八／松竹）の一場面で、男は佐野周二。夫（佐野周二）の復員を待つ妻（田中絹代）が、たった一度、子どもの病気のため金に困り、体を売るという悲惨な話だ。復員した夫は、妻の不貞を知り激怒する。やり切れない思いを抱えて、妻が身を売った現在の勝どきあたりにある売春宿を訪ねていく。門前仲町から早朝の清澄通りを歩き、相生橋《あいおい》を越えると目の前に広がる町が月島だ。

これが、隅田川と東京湾に挟まれた「東京のなかにある島」なのだ。

佐野周二が歩いたコースを、オートバイにまたがって逆に走る若い男女がいる。「佃小橋を渡る。新佃島西町をつっきって、広い都電通りに出る。左折して、相生橋を一気に走りぬける。（中略）越中島の、東京商船大学前を通りすぎると、小さな橋があって、渡りきると目の前が、門前仲町の広い交叉点である」

この男女が堀夫と澄子。『佃島ふたり書房』の登場人物である。澄子の父親・工藤六司は、同い年で生年月日もまったく同じという少年・梶田郡司と奉公先で知り合い、佃島で「ふたり書房」という名の古本屋を開業する。『佃島ふたり書房』は、明治末年から昭和三十九（一九六四）年までの、古本屋を営む男二人の友情物語。

本作で、作者の出久根達郎さんは、第百八回直木賞を受賞した。当時、高円寺の古書店「芳雅堂書店」の店主だったが、古本屋修業の始まったこの月島での日々が、『佃島ふたり書房』でぞんぶんに生かされている。

『佃島ふたり書房』は、梶田がこの年最後となる「佃の渡し」に乗って、中央区明石町から対岸の佃島へ渡っていくシーンから始まる。うまい書き出しで、読者は陸から離れ、どこか別の場所（異界）へ連れていかれることを実感するはずだ。

小説のなかで、梶田の眼を通して、船内に貼られた掲示が記録されている。

「三百二十年のご愛顧に感謝　佃島渡船はきたる八月二十七日限りで引退します　佃新橋が同日開橋し皆様の足の便を図ります　長い間有難うございました　昭和三十九年一月　中央区役所」

これが隅田川に残った最後の「渡し」だった。「渡し」は江戸の情緒を残す貴重な風景だ。昭和三十九年は東京オリンピックのあった年でもあり、東京が大きく変貌した年。その渦中に出久根達郎さんもいた。出久根さんの見た「東京」とは、何だったのか。取材と著作から明らかにしていこうと思う。

かつて集団就職というものがあった

昭和三十年代、高度成長期に突入したことで安価な労働力としての需要が高まり、地方の中学卒業生が大量に都市部へ送り込まれた。毎年五十万から八十万の中卒者が東京・神奈川に就職し、「金の卵」と呼ばれた。最盛時には専用の臨時列車が青森と上野を結んだ。これが「集団就職」だ。出久根達郎少年も集団就職組。

ただし、列車で東京へ向かうときは一人だった。

昭和三十四年三月三十日に茨城県から上京。翌三十一日が誕生日で、十四歳最後の日に東京の地を踏むことになった。出久根さんが東京で十四歳だったのはたった一日だけで、資料によっては十五歳で上京、とあるのはそのためである。

ほかの就職組の仲間は、とっくに上京していた。一人遅れたのは、米穀通帳の手配が間に合わなかったからだ、と出久根さんは語る。米穀通帳とは、米が配給制だった時代に各世帯に配布されるもので、身分を示す証明としても使われた。

「だから、集団就職なのに、私の場合は一人だったんですよ」

「朝日新聞」夕刊のシリーズ企画「昭和史再訪」(二〇一一年七月二日付)のテーマが「集団就職」。「証言」という囲みコラムで、出久根さんが代表して「集団就職」体験を語っている。

「中学3年の3学期には就職、農家の跡継ぎ、進学組の三つに分かれ、就職組には1月末に求人先の所在地と屋号、待遇などが書かれた一覧表が配られました。希望を決めると指定の日に職安で雇い主の面接を受け採否が決まります。筆記試験はありません」

勤め先の「文雅堂書店」は、屋号からだけ見ると新刊書店と古書店の区別がつかない。出久根さんはこれを「新刊書店」と勘違いしていた。「うちの田舎に古本屋など、ありませんから」と言うのも無理はない。

着いてみて初めて古本屋だとわかった。「正直の話、内心がっかりした」と自伝的小説『逢わばや見ばや』に書いている。しかし、その後の出久根さんを考えると、新刊書店ではなく古本屋、しかも昭和三十年代、とくに東京オリンピック以前の月島で十代を過ごしたことがよかった。意識して選んだ時代と場所ではないが、まさに絶妙の地点に降り立ったのである。

匂いが結びつけた故郷と東京

出久根達郎という名は本名。昭和十九年三月三十一日、茨城県行方《なめかた》郡北浦町（現・行方市）に生まれる。

「私の郷里は霞ケ浦と北浦にはさまれた半農半漁の僻村《へきそん》である。茨城県行方郡北浦町という。ワカサギや川海老漁が盛んで、佃煮を製造する家も何軒かある」と『人さまの迷惑』にある。もうおわかりだろう。就職先の月島と隣接する佃島は、まさに佃煮の町。だから、初めてこの地を踏んだとき「私は自分の郷里に舞い戻ったような錯覚をおこした」(『人さまの迷惑』)のだ。月島と故郷の旧北浦町までは約七十キロ離れているが、佃煮の「匂い」が思春期の少年のなかで直結させる。東京で故郷の匂いを嗅いだのだ。

エッセイ集『死にたもう母』によれば、母方の祖父が「いなか町の花火師」。父方の祖父・出久根石太郎は「御代之光」という雑誌を発行。「風流余墨」という句歌集も作る才人であった。その次男であった父は「戦前、いなかの町で小さな印刷所を経営していた」という。出久根さんには年の離れた兄姉が四人いて、末っ子。母親が四十近くになって産んだ「恥かきっ子」だった。

その後、父親が失職し収入がなくなる。家は貧しく、子どもの頃から借家住まい。六歳から十四歳まで住んだ家は、山の上の一軒家で、天井がない、畳がない、電灯がない、井戸もないという生活だった。五百メートルもの下の家にある井戸から、天秤棒をかついで水汲みをする母親の姿を出久根さんは覚えている。

「いやあ、ひどいもんでした」と出久根さんは、その頃を回想して言う。「私の故郷は米どころなのに、米が食えないんです。貧しくて。主食は素麺かうどんですよ。なぜかというとね、あれは煮るとかさが増えるんです。それで飢えをしのいでいた」

昭和二十年代は食糧難の時代であり、腹一杯、米飯が食える家庭はそんなになかっただろうが、それにしても出久根家の貧困ぶりはすさまじい。

出久根さんは、無一文で「甲斐性なしの父を、軽蔑していた」(『たとえばの楽しみ』)。この父親は、暇にあかせて、雑誌にペンネーム(久木悠三)を使って俳句や川柳、短歌、コント、小説、校歌、あるいはマンガまでをせっせと投稿していた。ときに女性名も使ったようだ。その入賞賞金が父親の唯一の収入であった。雑誌を発行していた祖父、そして投稿魔の父親とその息子である出久根さんと、文筆の血は間違いなく継承されている。

「軽蔑していた」と言いながら、出久根さんは、あちこちの文章で、この亡父の作品を古雑誌で見つけては紹介するのだ。

「螢ひとつ背に止まらせて子は戻る」は、小学生だった息子を詠んだもの。やはり末っ子の達郎が、とくに可愛かったのだ。「宿望の古書見いだせり秋灯火」も、古雑誌の読者文芸欄を見ていて、思いがけず発見した亡父の作品だった。

「軽蔑していた」はずの父親の作品に出逢えたのも、古雑誌を扱う古本屋という仕事をしていたからだ。

東京の空青い空

ところで、故郷の茨城県にいたとき、出久根少年にとって「東京」とはいかなるものに映っていたのだろうか。東京は、集団就職で上京したときが初めて、ではなかった。中学三年の修学旅行で一度訪れている。このときは一泊二日で東京、鎌倉、箱根を回った。東京では上野へ行き、動物園を見て、西郷さんの銅像の前で写真を撮った。観光絵葉書の風景を確認するような旅行。ただそれだけで、「東京をよく知らなかった」と『逢わばや見ばや』の主人公に言わせている。

もう少し、具体的に「東京」をイメージするものとしては、「それはなんと言っても当時流行していた歌謡曲ですよ」と出久根さんは言う。「東京夜曲」（昭和二十五年）、「東京シューシャインボーイ」（昭和二十六年）、「東京だョおっ母さん」（昭和三十二年）、

「有楽町で逢いましょう」（昭和三十二年）と、きらびやかなネオンに映し出されるモダン・シティの風景を、「東京」を舞台にした歌たちは謳いあげた。これらは、東京在住者より、むしろ地方にいて東京に憧れる若者たちを大いに刺激したのである。「この頃の東京の歌はね、どれも『東京へ行こう』っていう歌でしょう。みんな歌われた世界が華やかで、やっぱりその気になるんですよ。『あこがれの花の都』ですよ」

自分は「雑誌や歌にあおられて、東京に出てきた一人」だと、『たとえばの楽しみ』には書かれている。「東京に行けば、活路が開かれる、という気分が、地方在住の若者の誰にもあった。東京なら自分を何とかしてくれるはずだ、という期待」と『犬と歩けば』で表白された「東京」への思いは、これら歌謡曲が作る「東京」のイメージに負うところ大であろう。

昭和二十四年、岡晴夫により歌われたのが「東京の空青い空」（石本美由起作詞・江口夜詩作曲）。

鳩が飛び立つ　可愛い可愛い鳩が

東京の空　青い空　喜びの鐘が鳴る
若い口笛　吹きながら
柳さらさら　銀座の街を
君と歩けば　明るい心

風がそよ吹く　緑の　緑の風が
東京の空青い空　憧れの夢が呼ぶ
胸もときめく　恋の午後
お茶をのんだり　シネマを見たり
寄せる笑顔に　あふれる若さ

月が輝く　バラ色　バラ色月が
東京の空　青い空　麗しの灯が招く
なごりつきない　街角で
あすのプランの　指切りすれば

さようならよの　別れも愉し

まるで東京の空はいつも青く、鳩までもが可愛く、月はバラ色に輝き、風はみどりで、みな若者の顔はつねに笑顔というふうに、底が抜けたように多くの歌謡曲のなかで賞賛され、「あこがれの花の都」が地方に流布されていく。

月島「文雅堂書店」

故郷の茨城県北浦町から、たった一人で上京してきた達郎少年が、まず降り立った東京は「両国駅」。当時、千葉と東京を結ぶ総武本線の終着駅はこの駅だった。両国駅には「文雅堂」の一番番頭の「加藤さん」が迎えに来てくれていた。『逢わばや見ばや』では、この「加藤さん」が、蔵前の方を指差して「両国国技館」と「両国公会堂」を教えるシーンがある。

じつは、このとき「国技館」は蔵前に移転している。相撲の興行はここではなかった。旧国技館は出久根さん上京の前年一九五八年に日本大学に移譲され「日大講堂」

となり、全共闘運動の拠点の一つとなる。しかし、それはもっと後の話。

二人は、東両国緑町停留所から二十三系統の都電で月島八丁目終点まで行った。これが初めての都電体験。この都電と自転車が、新東京人・出久根達郎の重要な「足」になった。すべて地面と密着した移動のために、変わりゆく東京の姿のリアルな目撃者となるのだ。有楽町線「月島」駅の開業は昭和六十三年。

出久根さんが就職した「文雅堂書店」は、創業者・高橋太一が戦地からの復員後、東京・築地で、最初は露店から始めた古本屋だ。昭和二十七、八年頃、月島署の裏手、いま「もんじゃ焼」の店が軒を連ねる西仲通り商店街に新店舗を構えた。木造二階建て、十四坪。のちに三階を建て増しし、ここに出久根さんはほかの店員仲間と住むことになる。ほかに「いずみ文庫」という貸本屋の支店があった。就職してまもなく、出久根さんは「いずみ文庫」に回された。貸本屋全盛の時代だ。

「(文雅堂は)大きい店ではなかったが、それでも店員が私を含めて七人もいた」(『人さまの迷惑』)

月島「文雅堂」は、大衆小説、雑誌がメインの下町らしい品揃えで、ただ店主が文学好きであったため、国文学の専門書や、山岳、郷土史などの本も置かれた。

起床は七時半、納豆にノリの朝食を済ませて、店の開店が八時。夜は十時まで働いたという。月給は住み込みで三千円。大卒の初任給が一万円ぐらいの時代。三千円は現在の六万円ぐらいか。けれど、「これは、けっこうよかった方」と出久根さんは思っていた。同じ集団就職仲間で、二千円前後という者もいたし、女性事務員の場合千五百円で働かせているケースもあった。

給料の半分を茨城県の親に仕送りしていた。

「偉いですねえ」と私が言うと、出久根さんは首を振り、「それが普通なんですよ。子どもを集団就職で家から出すということには、働き手となって親の生活費を面倒見るという意味も入っている。だから、みんなそうしたんです」と教えてくれた。従業員の制服(作業服)の支給があって、食住はお店持ち。毎月十五日の定休日に休みがもらえて、映画が二百円、ラーメンが四十五円の時代だから、それでじゅうぶん足りた。安上がりの青春だった。しかも花の東京だ。文句のあろうはずもない。

明治の名残りとモダニズム

「橋を渡って、銀座方面へ行くとき『東京へ行く』と、わたしたち、言ってました」と、出久根さんが言ったので、やっぱりと得心がいった。

今回、月島を散策するにあたって、持参したのが出久根さんの『逢わばや見ばや』と、四方田犬彦の『月島物語』。後者は、ニューヨークの住居をひき払った評論家の四方田犬彦が、再び東京に住む際、ひょんなことから月島の長屋を借りることになり、一九八八年から九二年まで住んだ記録であり、あらゆる角度から月島という町と歴史を論じたエッセイである。

そこに鏑木清方が随筆に書く、次のエピソードが紹介されている。

「明治時代には、京橋や日本橋の子供たちは悪戯をして親に見つかると、『島へやってしまうよ』といってよく叱られたものだという」

目の前の銀座、築地、日本橋から見れば、月島は「川向こう」の町。ここにはっきりと異界として遠ざける意識が働いていた。勝鬨《かちどき》橋が完成する昭和十五年までは、築

地側と月島を結ぶのは「渡し船」だけだった。出久根さんが住み始めた昭和三十年代は、現在よりもっと築地側と月島側の心理的懸隔が大きかったろう。

月島と佃は、太平洋戦争でも、ほとんど被害を受けていないこともあり、高度成長でどんどん変貌していく「川向こう」の東京に対し、驚くほど静謐な町が残された。

「一九六〇年代の東京都中央区月島には、夏の夕暮れになると蝙蝠《こうもり》が飛んでいた」(『いの一番』)とあり、同書には、物売りが盛んにこの町を往来したことを書き留めている。納豆売り、トイレ掃除、しんこ細工、玄米パン、定斎屋という名の薬売り等々。

「何だか明治の東京に住んでいるような気がしていた」ともある。

川本三郎『銀幕の東京』で、佃島が登場する映画を論じた文章がある。成瀬巳喜男『女が階段を上る時』(昭和三十五年)は、銀座のバーでやとわれマダムをする高峰秀子の実家が佃島にある、という設定。出久根さんが上京した頃の佃島が映る。細川ちか子に「佃島なんてはじめて来たけど、このへんはなんだか昔の東京の名残りみたいなものがあるわね」と言わせている。

昭和三十五年の「佃」は、周りを堀で囲まれ独立した島だった。その隣り、江戸時代に土砂が堆積してできた石川島(現・佃二丁目)には、石川島播磨重工と三菱倉庫があった。

だから出久根さんは『隅っこの四季』に書いている。「月島は鉄粉のにおいのする町であった。鉄工場の多い所だった」と。月島という町の持つ表情は複雑である。そのことを、「当時の月島には、えらく古めかしいものと、先端的なものが混在していた。東京の不思議な一画であった」と『いの一番』に書く。

『月島物語』では、四方田犬彦が「月島は世間でひろく信じられている意味での下町ではない。明治のなかごろに造られた埋め立て地であり、海水浴場、別荘地、工場地帯、そして庶民の集合住宅地と、目眩《めまぐる》しい変遷を重ねてきた土地である。ある意味で二〇世紀日本のモダニズムの一大実験地であった（後略）」という「月島」観を提示する。昨今、地下鉄を使っていきなり地上に出て、「もんじゃ焼」を食べたり、下町気分を味わいに来る野次馬たちの眼には映らない「月島」の姿である。

人は生まれ故郷を求めて

月島が「川向こう」の異界だと感じさせる理由の一つに「勝鬨橋」があった。昭和十四年に完成した開閉式の鉄橋は、全長二百四十六メートルで築地と月島を結んだ（実際の開通は十五年六月）。これは、『月島物語』によれば、晴海の埋め立て地がオリンピックと万博の開催地として予定されていたからである。「川向こう」の月島住民はこのニュースに熱狂したが、泡と消え、夢の残骸として勝鬨橋が残された。

一日五回、二十分程度、中央から両側に橋が開き、その間、両岸で車も人も都電も待つしかなかった。出久根さんも、自転車で配達の途中、しばしば勝鬨橋の開閉に引っかかったという。

「二十分……いや、もっと待ったような気がしたなあ。なにしろ、（橋が）開いている間、何にもすることがないんだから。佃の渡しの方へ回るのも面倒だし、けっきょく、待つしかないんですね」

橋が再び閉じるのを待つ間、ここが孤立した「島」だということをおそらく再認識することになっただろう。のち、開閉の頻度は少なくなり、昭和四十五年を最後に勝鬨橋は普通の橋となる。私は一時期、勝鬨橋のたもと、月島側のビルに仕事で通っていたことがある。まだ都営大江戸線が開通する前で、日比谷線「築地」駅で降り、晴海通りから勝鬨橋をいつも渡っていた。冬は海からの吹きさらしの風が冷たく、大きな車が通ると、橋は揺れた。無骨なアーチ型の鉄製橋梁を眺めながら、こんなものがかつて開いていたなんて、夢のような話だと思っていた。

明治の名残りを路地に漂わせながら、一方で近代化していく月島。何も知らなかった茨城の少年が、多くの人や本に触れ、「東京の不思議な一画」を遊泳することで作家的感性を養ってゆく。

「文雅堂」から独立して、高円寺に「芳雅堂」を開業するのが昭和四十八年。ここで出久根さんは、中央線にある「高円寺」という町が、月島と似ていることに気づく（『逢わばや見ばや　完結編』）。高円寺も「関東大震災で罹災《りさい》した深川辺の人たちが移って」きた「新興の町」であり、佃煮屋があった。出久根さんは、すぐにこの「下町風」の新興の町に、まずは匂いからなじんでいく。そして、古本屋を営業する傍ら、小説を書き始めるのだ。

「私は、土地の縁というものを、考える。人は無意識に、自分の生まれ故郷を求めているのかも知れない」（『逢わばや見ばや　完結編』）

出久根さんの作品に悪人が少なく、いつもどこか人懐っこい印象を残すのは、そのためかもしれない。遠い地で想う「故郷」の匂いがするのだ。

庄野潤三

石神井、そして生田

私の生涯の一冊となる作品は庄野潤三の『夕べの雲』。「日本経済新聞」夕刊に連載された新聞小説で、昭和四十年に刊行され、翌年読売文学賞を受賞している。現在は講談社文芸文庫に収録。いまだに入手可能な同文庫のロングセラーである。カバー裏に書かれた解説を借りると、こんな作品だ。

「何もさえぎるもののない丘の上の新しい家。主人公はまず〝風よけの木〟のことを考える。家の団欒を深く静かに支えようとする意志。季節季節の自然との交流を詩情豊に描く、読売文学賞受賞の名作」

私は、かつて講談社文庫に収録されたこの作品と、高校のときに出逢う。その世界を身体のすみずみに染み通るように深く感受し、とろけるように愛してしまった。畦地梅太郎のカバー、小沼丹の解説とともに忘れがたい。以来、無数の作家と作品に出逢いながら、庄野潤三という名前は別格。いわば、神棚に供えて祀り上げる存在となったのだ。

この『夕べの雲』の舞台となったのが神奈川県川崎市多摩区の生田だ。最寄り駅は小田急小田原線「生田」。新宿からだと、急行と各停を乗り継ぎ約三十分の距離になる。庄野家は、南側から始まる斜面のはるか彼方、丘のてっぺんにある。二十年前、同じ川崎市多摩区の宿河原に在住していた私は、よく生田丘陵を見上げ、「この丘の向こうに庄野さんが住んでいるんだ」と心強く思ったものである。それだけで心が温かくなった。

いまは西三田団地という七街区からなるマンモス団地で覆い隠され、想像もつかないが、庄野一家が練馬区石神井から越してきた昭和三十六年、生田丘陵は人跡まばらな「禿山」(『夕べの雲』)だった。

「業者に案内されて妻と二人ではじめて生田の土地を見に来たとき、駅から遠いのに驚いた。『行けども行けども出て来ない』」、ようやくたどりついた「地所には木が一本もない。見晴らしはすばらしい。私も妻も一目で気に入った」と『私の履歴書――第三の新人　安岡章太郎　阿川弘之　庄野潤三　遠藤周作』（日経ビジネス人文庫）で書いている。「越して来た頃は、ここは生田村という方がふさわしいようなところであった」とエッセイ「多摩丘陵に住んで」（『クロッカスの花』所収）にある通り。郵便局がなく、駅前の米屋で郵便物の重量を秤《はかり》にかけて、切手を貼ってポストに投函していた。とにかく「不便」なのである。

名短編「秋風と二人の男」（『丘の明り』所収）に、庄野と思われる「蓬田」という男が、友人（これはどうやら小沼丹）とビヤレストランで飲むため、丘の上の家から新宿らしき街まで出かけていく場面がある。ときは「今日から九月」という秋の始まりの季節で、ひんやりした風が吹き始めている。ただし、空から太陽は照りつけ、昼間はまだ暑い。陽が落ちれば涼しくなるだろう。半袖シャツで家を出た蓬田は、家を出てしばらくして上着を着てこなかったことを後悔する。しかし「ここは忘れ物に気がついたからと云って、走って取りに戻れるところではなかった。あの崖を駆け上がることは無理だ。（中略）丘の天辺に住んでいると、こういう時に不自由であった」とある。

普通なら敬遠したくなる「不便」で「不自由」な、「村という方がふさわしいようなところ」を、新しい住居地として「一目で気に入っ」てしまう。私は、庄野文学について考えるときに、そこのところがおもしろいと思ってしまう。

というのも、庄野潤三が住んだ町は、多くが「村という方がふさわしいような」町だったからである。

今回、幸運なことに、生田の家にそのまま住み続け、健在でおられる夫人の千壽子さん、長女の夏子さんに話をうかがうことができた。夏子さんには、南足柄からわざわざそのためにご足労をおかけした。お二人から聞いた話を織り混ぜながら、以下、庄野潤三と東京について考えていくことにする。

帝塚山は大阪の南のはずれ

庄野潤三は大正十（一九二一）年生まれ。生地は現在の大阪市住吉区帝塚山。父親が帝塚山学院学院長・庄野貞一。潤三は三男で七人兄弟の四番目。次兄・英二もよく知られた児童文学者で、弟の至にも『三角屋根の古い家』ほかの著作がある。同書が出たとき、私が書いた書評の一部を以下引用する。

「大阪に創立九十年以上の歴史を誇る総合学園・帝塚山学院がある。幼稚園から大学まで一貫した教育を行い、『力の教育』を理念に掲げている。これを作ったのが教育者・庄野貞一。帝塚山はかつて原野で、明治期に家が建ち始め、大正までは住吉村。新興の住宅地に、自由な精神を重んじる学び舎を、この庄野が作り上げ遺したのだ。

庄野貞一が遺したものはほかにもある。次男で児童文学者の英二、三男で芥川賞作家の潤三、そして本書の著者、四男の至である。文筆家として三人の立つ位置は少しずつ違うが、そこに表れた健やかな眼差し、馥郁たるユーモア、大仰を嫌い細部を大切にする姿勢などは共通している。ひっくるめて『庄野文学』ともいうべき彼等の文業は、読む者を安心させ、寛がせ、気持を豊かにする。それは庄野貞一が創立した一学舎に匹敵する業績かと思われる」（※「創立」は誤りで、初代院長）

父・貞一は、阿波徳島の出身。帝塚山に越してきたとき、まわりに家は二軒しかなかったという。その数年後に潤三が生まれた。のちに高級住宅地となるのは、ここに

庄野貞一が帝塚山学院を率いるため移り住み、学園都市として整備されていったから。最初は「村という方がふさわしいようなところ」だった。

「私は大阪で生れたが、家があったところは名前は市内でも南のはずれの方で、大阪らしい空気の濃い市中の生活を知らずに大きくなった」と「帝塚山界隈」（『クロッカスの花』所収）で書く。織田作之助、藤本義一、田辺聖子など大阪出身の作家たちが、身にまとった独特の強い「大阪」臭を庄野潤三の作品からは不思議と感じられない。会話が大阪弁であっても、だ。人の向こう脛《ずね》を蹴飛ばして歩く、ミナミあたりの雑駁なエネルギーから遠く離れて、「大阪」臭に染まるのを免れたからか。

ほかの兄弟と同じように、潤三も総合学院である帝塚山学院に幼・小と通い、住吉中学を卒業後、大阪外国語学校英語部に入学し、大学は九州帝国大学法文学部を選んだ。ここで、一学年上の島尾敏雄と出会う。運命の出会いだった。

九州の大学へ進学した理由は、中学時代に国語を教わり、文学の師ともいうべき詩人の伊東静雄の勧めによる。

庄野は最初、東北大学への進学を考えていたが、伊東に相談したところ「とんでもない。大阪で育ったあなたが東北へなんか行ったら、一ぺんに風邪をひいて肺炎にかかって死んでしまいます。九州がいい」と言われた。伊東自身が長崎県諫早の出身で、自分は寒いのが苦手だっただけのように思えるが、庄野は決してさからわず、言われた通り、九州を選ぶ。微笑ましい師弟愛である。

九州帝国大在学中、二十二歳のとき、初の小説「雪・ほたる」を書く。同昭和十八年十二月、徴兵され、広島県大竹海兵団へ入隊。終戦の年、復員し、大阪・今宮中学（旧制）の歴史教師となる。昭和二十六年九月、開局まもない朝日放送に入社。制作部で、ラジオ番組のディレクターを務める。そして二年後の昭和二十八年九月に上京してくるのだ。

上京を準備したもの

二〇一二年に、講談社文芸文庫から、あっと驚く企画の本が出た。『個人全集月報集』は、安岡章太郎、吉行淳之介、庄野潤三と、それぞれの個人全集（いずれも講談社刊）に挟み込まれた月報のみを一冊にまとめたものである。安岡、吉行、庄野は、いわゆる「第三の新人」と呼ばれるグループに属する。ここに小島信夫、遠藤周作、近藤啓太郎、島尾敏雄、阿川弘之、三浦朱門、小沼丹などを加えて、一九五〇年代、いっせいに文壇に登場してきた若い作家たち、であった。そのうち安岡、吉行、庄野、小島、遠藤、近藤は、一九五〇年代に相前後して芥川賞を受賞する。

彼らを「第三の新人」と名付けたのは、そのタイトルで文芸時評を書いた、評論家の山本健吉とする記述が見られるが、坪内祐三はこれを正す（前掲『私の履歴書』）。「彼自身の発案ではなく、雑誌『文學界』の編集部の意向だった」という。以下、山本の文章。

「かういふ題で、本年度に現れた新人について書けとの編集部の注文である。だが私は、この『第三』といふのが如何なる意味を持つのか、いつかう明かでないのである。おほかた『第三の男』といふ映画から思ひついたのであらう」

チターの響きが印象的な主題曲と、大観覧車のシーンで有名な、キャロル・リード監督の映画『第三の男』の日本公開は、一九五二年のことだった。

「第三の新人」の成り立ちや文壇的位置について立ち入るのは本稿の目的ではないので、くわしくは坪内解説を読んでもらうことにして、ほぼ同時期にデビューした若い作家たちは、なにかというと寄り合い、酒を飲み交わし、交流した。安岡、吉行、遠藤が、早い時期に交遊録を書いているのは、その一証左だろう。私も高校時代、彼らの交遊録で「第三の新人」の存在を知り、『夕べの雲』を読んだのだった。

千壽子夫人は、「第三の新人」と名付けられた遅い青春の交遊について、「みなさん、本当に仲がよかった。そして『友情』に篤かった」とおっしゃり、愉快な、あるいは心温まるエピソードをいくつも聞かせてくださった。その一つを紹介する。

後述する石神井時代、引っ越してまもない家に、阿川弘之が訪ねてきた。業務用の大きな中華鍋を提げている。これが引っ越し祝いらしい。阿川は千壽子さんに「けつねうどん、食べさせてくれ」と言った。千壽子さんは「『けつね』なんて言いませんよ。『きつねうどん』、ですよ」と返した。阿川は、てっきり大阪人なら「けつね」という先入観から、サービスとして言ったらしい。この中華鍋は大事に、後々まで重宝して庄野家で使われたという。

そして上京

まだ教師だった一九四九年、「愛撫」という短編を雑誌「新文学」に発表。これが

「群像」の創作合評で、中山義秀を始め好意的に批評された。庄野の大学時代からの盟友だった島尾敏雄は、短編「ちっぽけなアヴァンチュール」が東京の雑誌に掲載され、好評だった。これに「気をよくした島尾は、東京へ引っ越すことになる」(『ワシントンのうた』)。当時、島尾は神戸にいた。

これに庄野が刺激を受けないはずはない。いち早く文壇に籍を置いた島尾が、東京の雑誌に庄野の作品を載せたいと依頼してきて、書いたのが「愛撫」だった。「群像」にいた編集者・有木勉から、一度作品を見たいと手紙が来た。これが一九四九年。その夏、「舞踏」という二十枚の短編を書きあげた庄野は、原稿を携えて上京、有木に直接手渡す。いまなら郵送、あるいはメールで済ませるはず。

その年の暮れ、有木より「ブトウニガツゴウニケイサイアトフミアリキ」の電報を受け取ったとき、庄野は「飛び上った」という。この「飛び上った」気持ちとエネルギーが、そのまま「上京」へ結びついたと考えられる。このとき、東京が目の前まで接近してきた。

「文學界」の肝いりで、若い作家や評論家の懇親会が開かれるようになるのは、一九五一年に庄野が朝日放送に入社してから。「どうせ一、二回で終りになるだろう」とという意味で「一二会」と名付けられた。ここに安岡、吉行、小沼の顔があった。庄野は誘いがあれば、会社を休んでも駆けつけ、上京のたびに市谷の吉行家に宿泊した。一九五三年には、一月「喪服」を「近代文学」に、四月「恋文」を「文藝」に発表し、この二作が上半期の芥川賞の候補となる。「機は熟した」と『ワシントンのうた』に書いている。

「私が東京へ行って生活したいと思うようになったのは、それまでに東京の文芸雑誌にいくつか作品が掲載されて、何とか東京で文学の仕事をやってゆく足がかりは得たから、今が東京へ出て行く潮どきだと考えたからであった。(中略)友人たちのいる東京へ行って一緒に仕事をしたい」(『文学交友録』)。

会社は辞める覚悟でいたが、上司が気づかって、朝日放送東京支社へ転勤というかたちにしてくれた。これで生活のめどはたった。上京して作家になると告げたら「そんなことをすれば、家族をうえ死にさせるといって反対した母」(『ワシントンのうた』)も、ようやく納得した。いよいよ大阪を去る日が来た。

練馬区南田中町

一九五三年九月、家族とともに特急「はと」に乗り上京。妻のほか、もうすぐ六歳になる長女・夏子、二歳の長男・龍也がいた。庄野は三十二歳になっていた。いま、気がついたが、私が大阪から上京したのも三十二歳。庄野さんとおんなじ！　そんなことがうれしいのだ。

東京駅に着くと、プラットフォームに吉行、安岡、遠藤、島尾といった「第三の新人」のメンバーがニコニコしながら立っていたという。千壽子さんの記憶にあるのは、いまはいずれも鬼籍に入ったこの男たちが、集るといつも「ニコニコしている」その笑顔だった。

東京での住所は練馬区南田中町四五三（現・南田中四丁目二十五番地）。最寄り駅は西武池袋線「石神井公園」。この土地を世話してくれたのは、同じ町内に住む作家の眞鍋呉夫だった。眞鍋は、庄野の九州時代に創刊された同人誌「こをろ」に参加したメンバーであり、ほかに阿川弘之、島尾敏雄、那珂太郎がいた。眞鍋もまた、檀一雄を慕って一九四九年に福岡より上京。石神井には檀一雄がすでに居を構えていた。

土地は約九十坪だから、かなり広い。麦畑のそばに建った木造の平屋一軒家で、「庭がひろくて、ゆったりしていて、なかなかいい家で、私たちはよろこんだ」(『ワシントンのうた』)と言うが、当時撮影された庄野家の写真を見ると、遠く森のように木が背景に生い茂り、あたり一面まったく何もない、吹きさらしの一軒家だ。童話に出てくる家みたい。

庄野は上京する機会に建った家を見ていたが、千壽子さんはこのときが初めて。帝塚山学院の女学生時代、修学旅行で東京を一度見ていた。だが、一九五三年の練馬区石神井は、上野、浅草、銀座といった大都市・東京のイメージとはまったく違ったはずだ。大阪・帝塚山より、まだ田舎と思える石神井の風景に落胆し、不安に思ったのではないかと千壽子さんに聞いてみた。

「不安？　まったくありませんでした。庄野は東京へ行く、というのを目標にしていましたから。私も家族が一緒なら、どこへでもついていける。とにかくお父さんについていくと思っていたから、安心感がありました」

深い信頼感に裏打ちされた、その力強いことばに感動した。それにしても、電気こそ通っているものの、ガスがない、水道がない（井戸水を使用）というところに住むのは、やっぱり不便ではなかったか、とさらに食い下がって聞いてみた。すると、傍らにいた長女の夏子さんがこう答えた。

「それは、やはりお父さんのフロンティア・スピリット、ということではないかしら」

私はこの「フロンティア・スピリット」ということばに目が覚めた。『夕べの雲』をいち早く「治者の文学」として高く評価した江藤淳は、庄野の作品に「『旅行者』『異邦人』、あるいは『通過者』である作者の視点」を特徴として見出している。しかし、もっとあっさり言ってしまえば、夏子さんの言う「フロンティア・スピリット」こそ、庄野文学の核心であると、作品を読み返してつくづく思うのである。「上京」も、庄野の「フロンティア・スピリット」がもっとも強力に発露した結果だった。

大草原の小さな家

アメリカの開拓時代、幌馬車に少しの家財と家族を乗せて、原野を一家の主が進んでいく。目指すは西部。何が待っているか、神のみぞ知る。むしろ、何もないところに鍬を打ち込み、小さな家を建て、荒れた土地を開墾していくことに男は喜びを覚える。

一九五三年の練馬区石神井、続く一九六一年の川崎市多摩区生田。いずれも、野中の一軒家、というイメージに近い土地を気に入り、移り住んでいったのも「フロンティア・スピリット」だ。そこから『ザボンの花』『夕べの雲』『丘の明り』といった家族小説の傑作を生み出していった。

一九五七年八月、ロックフェラー財団の招きで、庄野は三人の子ども（次男・和也が一九五六年二月に生まれていた）を置いて、夫婦二人で一年間、アメリカに留学することになる。このときにも、候補地について「田舎の出来るだけ小さな町に行って、その町の住民の一員のようにして暮らすことが出来たら」と、財団に希望を出したという（『ガンビア滞在記』あとがき）。結果、夫婦が一年間暮らすことになった町は、オハイオ州ガンビアという人口六百、戸数二百の本当に小さな町だった。

その米国留学の体験を描いた『ガンビア滞在記』の冒頭、電信線の上を一匹の栗鼠が木の実をくわえて渡って行くシーンが描かれる。そして一番最後、散歩の途中で見つけた兎の話で終わる。

「走ってきた兎は私たちに会うと、止って、こちらを見た。すると、兎のいるまわりの地面からホタルがまるで水蒸気が上るみたいにスー、スーと上るのだった」

あまたある日本人によるアメリカ旅行記とは、感触がまるで違う。『ザボンの花』の読者なら、これはいかにも庄野が好みそうな町だ、庄野が小説を書くためにあらかじめ用意された町のようだと思うだろう。ここに、平凡な老人から聞き書きした傑作『佐渡』執筆のために訪れた「佐渡」を加えてもいいかもしれない。「日本の田舎の、県庁所在地の次か、その次ぐらいの大きさの都市へ行ってみたい。それも格別特色のない町である方がいい」というところに、庄野の「好み」がよく出ている。

庄野文学に見られる、都市文学に描けない「自然」、ゆったり流れる「時間」、そこで寝起きする日々から生まれる、ある種の清潔な「哀しみ」と「慈しみ」は、注意深

く選ばれた土地から熟成されたものであった。

木を植える男

長編『ザボンの花』は、一九五五年の四月から八月まで、「日本経済新聞」夕刊に連載された。石神井の小さな家に住む矢牧一家の物語だ。手つかずの自然が残された郊外の家で、元気のありあまった子どもたちが日々起こすできごと。それに手を焼きながらも、新しい生活になじみ、近所の人々と交流する母親とすべてを温かく見守る父親。そんな家族生活の月日を、詩情豊かに描いたのが『ザボンの花』だ。

「とにかく、その日あったことは、なんでもいいからすべてメモしろ」と、庄野から千壽子さんは言われ、ノートを手渡されたという。空高く飛び上がって落ちてきたヒバリの子を、近所の子どもと取り合いになったこと、支払日になると家に次々とやってくる集金の人たちに、「また来やがった」と大きな声で末っ子が言ったこと。それら『ザボンの花』に見えるエピソードは、忘れぬうちに千壽子さんが書き留めたメモによる。

庄野は毎朝、通勤前の起き抜けに、そのノートを元手に、日課として新聞連載の一回分である三枚を紡ぎあげた。

福武文庫版解説で、庄野文学のもっともよき理解者である阪田寛夫がこう書く。「のちの『静物』『夕べの雲』『絵合せ』など、いわば庄野さんの文学の本筋につらなって行く、いちばんはじめの湧き水、地面の深いところから出てきたばかりの泉のような」作品である、と。

この解説でも触れているが、『ザボンの花』のなかに、庄野文学を考えるとき、印象深い一節がある。矢牧家の主人（つまり庄野）が子どもの頃の話を妻の千枝に聞かせている場面。大阪の実家に、二階の大屋根よりまだ高い、大きなプラタナスが植わっていて、風が強く吹くと、枝の高いところまで登ったのだという。

「夏のおわりから秋が始まる頃に、大風が吹くと、僕は兄と二人でプラタナスの木の大枝に登って、東の方の空を見て、

『嵐だあ！』

と大声でどなった。そいつは、実に愉快な、胸のわくわくするようなことであった」

そう話したあと、夫はこう付け足すのだ。

「あの精神を、おれは忘れてはいかんな。大風に向って、プラタナスの大枝の上から、嵐だあと叫ぶ精神を」

『ザボンの花』には、植木に関するやりとりが何度か出てくる。石神井の家では、野原の一軒家に浜木綿《はまゆう》、南京はぜ、白木蓮などを植えた。それらは引っ越しの際にもトラックに乗せられ、生田へ運ばれた。『夕べの雲』でも、一家の主人が、まず考えたのは、家のまわりに風よけの木を植えることだった。そのとき、石神井に置いてきた柿や桃、「大浦の兄」(モデルは英二)からもらったライラックを惜しむのだ。

上京者・庄野潤三は、東京で数々の名作を生み出すとともに、多くの木を植えた。東京および隣接する県で、風に立ち向かい、木を植えた男でもあったのだ。

司修の赤羽モンマルトル

そもそも、赤羽は東京なのか？

このところ、司修と赤羽について考えていて、起きた疑問である。

いや、もちろん行政区としては、東京都北区に属する、立派な「東京」である。その点は疑いない。しかし、各種の東京ガイドおよび東京本は数あれど、それらを通覧して気づくのは、なぜか赤羽はみごとに無視されていることだ。

たとえば、二〇〇七年版『東京山手・下町散歩』（昭文社）。外出する際は、必ず鞄の底に忍ばせ、クタクタになるまで使い込んで座右の書としている。大変よくできた区分地図帖だが、北区の最北は東十条まで。赤羽を歩くには別の東京地図が必要だ。同書には、飛び地のエリアとして、成増・赤塚の地図は掲載されている。この地の名物は「東京大仏」ぐらいのものだが、赤羽よりは優位らしい。

昔の東京を知るのに重宝している『東京懐かしの昭和30年代散歩地図』（実業之日本社）を開いても事情は同じで、北は池袋止まり。昭和三十年代にも赤羽はあったのだが、なかったことにしてくれ、と言っているようだ。各種の東京文学散歩系の著作でも、赤羽を紹介しているケースは皆無に近い。川本三郎の『私の東京町歩き』（ちくま文庫）に収録された、赤羽から岩淵水門へ散策した文章は、だから貴重だ。

漫画では清野とおる『東京都北区赤羽』という赤羽在住の著者自身を描いた傑作があるし、久住昌之・谷口ジロー『孤独のグルメ』にも赤羽の鰻屋が登場する。

しかし文学作品などで、赤羽が登場することはめったにない。司修が『赤羽モンマルトル』という自身の体験を生かした連作を残していなければ、赤羽は残念ながら、文学不毛の地なのである。

「赤羽」「赤羽」と、優先的に文字を追っていると、向こうから飛び込んでくることがある。武田泰淳『新・東海道五十三次』は、『富士日記』を書いたミューズ・武田百合子が「ユリ子」として「私」の傍らに寄り添うかたちで登場する。ここに武田泰淳の若い頃につき合った友人の話として、「あいつ、赤羽の駅から崖下へおっこちて、眼と耳から血を流して、グウグウいびきをかいて、まる二日生きていてから死んじまったよ」と、回想の会話の中に出てくる。おお、「赤羽」。それにしてもなぜ？

そうか、武田は僧侶の息子で、仏教系の京北中学に通っていた。この中学があった場所は赤羽台一丁目だ。司修は、武田の代表作『富士』の装幀をしている。装画・装幀で関わった作家たちの思い出を書いた『本の魔法』には、『富士』の装幀を引き受けて、肖像を描くために武田家へ幾日も通った思い出がつづられている。司は武田と赤羽について語り合ったのだろうか。

「池袋モンパルナス」の弟分が「赤羽モンマルトル」

司修は、なんと言っても一般的には画家・装幀家のイメージが強い。『本の魔法』を読んで驚いたのは、一九七〇年代、純文学が熱をはらみ、攻勢に出ていた時代の単行本の多くが、司修による装幀で世に送り出された、ということだ。『叫び声』ほかの多くの大江健三郎作品、古井由吉『杳子・妻隠』、武田泰淳『富士』、島尾敏雄『硝子障子のシルエット』『死の棘』、中上健次『岬』『鳳仙花』、森敦『月山』、三浦哲郎『野』『木馬の騎手』『冬の雁』、水上勉『寺泊』、および河出書房新社の作品集等々。数え上げればきりがない。

現代日本の純文学のイメージの基調は、司修装幀によって作られたといっても過言ではない。いまの若者が、日本の現代文学に興味を持ち、七〇年代から八〇年代の純文学で何を読んだらいいかといえば、司修装幀かどうかを確認して買えばいい、ということになる。

画家・装幀家としての司修の名は高く評価されているが、その文業については、新刊書評以外で言及されることが少ない。じつは、散文の分野において、川端康成文学賞（短編小説「犬（影について・その一）」）、毎日芸術賞（長編小説『ブロンズの地中海』）、大佛次郎賞（エッセイ『本の魔法』）など、数々の受賞歴があるのだ。

そのなかでも、とくに代表作と言えるのが、私の見るところ『赤羽モンマルトル』である。やや煽情的な初版帯の文章を引いておく。

「男も女も酔い痴れ、発情し、狂い泣いた、あの時あの場所――30年の歳月を経て見出される、青春の真実！　ファン待望の自伝的連作」

「文藝」に一九八二年から八五年にかけて、連作短編五編が不定期で発表された。単行本は一九八六年四月に河出書房新社から刊行。定価は千八百円。当時の文芸単行本の平均定価よりやや高め。現在の物価に換算すると（本の値段はあまり上がっていないが）、二千五百円ぐらいの経済的な重みがある。

朱で縁取った線描で、裸電球が点るバーのカウンターで三人の男が思い思いに酔っている。そんな油絵の表紙カバーは大野五郎の手による。大野は一九一〇（明治四十三）年府下北豊島郡岩淵町（北区岩淵町）生まれ。つまり、赤羽を根城とした画家だった。司修は上京後、自由美術展に入選し、画家としてのスタートを切る。自由美術家協会にいた先輩が大野五郎。赤羽時代、司が親しくつきあった画家の一人だ。

「赤羽モンマルトル」とは、先行する「池袋モンパルナス」に倣った名称で、いわば弟分。この地に巣くう貧乏絵描きたちが、赤羽台の丘陵地を、パリのモンマルトルに見立てて、そう呼んだのだった。荒川をセーヌ、と言われると、ちょっと無理を感じるが……。

さて、赤羽。われわれは、『赤羽モンマルトル』の舞台となり、上京者・司修が降り立った赤羽に旅立たねばならない。

模索の時代は赤羽から

『赤羽モンマルトル』の主人公・新二は、戦災を受けた田舎町からの上京者。漫画家という設定だ。漫画家を「画家」に置き換えれば、これは、群馬県前橋市出身の著者を投影した人物である。「新二は、ボストンバッグ一つを持っただけで、当てずっぽうに降り立った駅前で、黒く焼け焦げたような木製の電柱に貼られたビラを読んだ」と、連作一作目「巴里館」にある。電柱には「空室アリ美室格安先着順！」の貼り紙があった。「十字路渡レマッスグ↑」と矢印もあり、その先に同様の貼り紙と再び矢印がある。その通り歩いていけば、新二のとりあえずの住処が得られそうだった。

そうしてたどりついたのが、じつに不思議な空間を持つアパート「巴里館」。映画館を併設する建物で、そこは、「元見世物小屋の女、田舎芝居役者、ペテン師、ヤクザ、誇大妄想の絵描きなど、異様な人物が群らがる世界」（帯の紹介文）であった。無垢な少年・新二は、サーカス小屋に紛れ込んだピエロのように、底辺に生きる人々にまみれ、大人になっていく。『赤羽モンマルトル』は、地方都市育ちの少年が、目まぐるしくぶつかる現実と奇妙な人々の横顔を描きつつ、赤羽という混沌とした街を物語の中に練り込んでいく。

「駅舎が終わると踏切が見え、突き当りに天丼やら支那そばなど食べさせる一杯飲み屋があり、そこから右へずうっと商店が並んでいた」と、これが新二の見た赤羽駅前の風景。「新二の田舎の商店街は、戦災で焼けた跡に建ったものだが、この町とよく似ていて、新二には都会に来た感じが薄かった」とも言う。時代はまだ戦争の影を落とす昭和三十年代初頭。

これは、司修自身の感想でもあったろう。講談社文芸文庫収録の著書『影について』巻末に年譜が掲載されており、半生の全貌をつかむことができる。

司修は一九三六(昭和十一)年に群馬県前橋市の二軒長屋に「自然児として」生まれた。上に兄と姉がいた。父はいなかった。母は「繁華街にある酒店を経営する男と関係を持ち、私を生んだ」とある以上のことは不明。「自然児」とは「私生児」とも読み替えられる。

『風船乗りの夢』（小沢書店）によれば、前橋の冬は強い風にさらされ、「風の冷たさは、北国のそれより人を傷つけるように尖がっている。風はまた、人を圧するような叫び声をあげて通りぬけてゆく」と言う。一九四五年八月五日、前橋は空襲に遭う。司修このとき九歳。一家は避難場所である二子山古墳に登った。同名の古墳は全国にあるが、ここは前橋市総社町にあるそれか。一夜にして町は灰となる。「からっ風と焼野原、それが僕の故郷だろうか」。北関東の荒涼たる風景が目に浮かぶ。

終戦後、一九五三年に司は新制中学を卒業。この年、まだ十七歳。進学はせず、看板店に就職した。映画館の看板描きもその仕事のうちにあり、のち、映画看板専門の工房に転職する。ここで油絵も描くようになった。そこから一九五八年、北区滝野川、そして赤羽に下宿するまで、司はしばしば東京に姿を現しては故郷に戻っている。

迷い、彷徨する若者が、腰を据えて画家になる道を模索し始めたのが赤羽時代、ということになる。やはり、新二は司修だ。

戦前の赤羽は軍都であった

某月某日、『赤羽モンマルトル』の軌跡を訪ねて、一日、赤羽を歩いてみた。鉄道路線図を眺めるとわかる通り、東北、そして北関東から東京を目指して延びてくる鉄道路線を受け止めて、左右に送り出す配電盤のような駅が赤羽駅だ。東北本線の東京側の終点であり、細かく言えば、宇都宮線、高崎線、湘南新宿ライン、京浜東北線、埼京線、赤羽線がこの駅を通過していく。東北から見れば、最初の東京とも言えるし、東北に一番近い東京とも言えるのである。

駅を挟んで街が東西あるいは南北に分かれるとき、しばしば、その様相がまったく違うということがよくある。赤羽は東西で違う顔を持つ街の代表か。駅改札を出て、西側へ出ると、ひんぱんにバスが行き交うロータリーがあり、「ビビオ」ほかいくつかのショッピング施設ビルが並んでいる。その向こう、すぐのところに丘陵地が迫ってくる。この丘の上に広がるのが「赤羽台団地」だ。

昭和三十七（一九六二）年竣工の、五十五棟、三千三百七十三戸を擁する、二十三区内初のマンモス団地であった。駅からは徒歩十分、階段を上ると、団地の華「スターハウス」が目に飛び込んでくる。案内図を見ると、大規模な建て替え工事中であることがわかった。高度成長期にできた日本国中の団地が、いま老朽化し、住民の高齢化とともに耐久年数の限界に迫りつつあることがわかる。

赤羽台団地が出来る前、戦前にこの台地にあるのは各種軍事施設であった。「赤羽駅のプラットホームに立つと、軍の被服廠だったレンガの建物が、夕方、陽の陰となってエキゾチックな景色に見え、僕たちはその丘のことを赤羽モンマルトルといっていた」(「赤羽モンマルトル」)。司修が赤羽を離れるのは昭和三十八年。すでに団地の建設は終わっていた。東京の風景が大きく変貌するのが昭和三十年代末だった。

空襲を受け、復興する故郷・前橋を後に、上京してきた司修は、戦後の匂いを消し始める赤羽をまた捨て去る。

珍しく「赤羽」をくわしく紹介した『改訂東京風土図(2)城北・城東編』(現代教養文庫)から該当個所を引いてみる。

「赤羽は、旧軍隊のおかげで発展した町であった。明治二十年、赤羽台地に初めて工兵隊の兵舎ができるまでは、田と林野ばかりであった。工兵隊につづいて陸軍被服本廠、火薬庫などが台地一帯にでき、戦争の進展とともに軍工場は続々建てられ、商店街は付属的に発展して、新興商工業都市になったものであった」

赤羽はじつは都内有数の「軍都」であった。そのおかげで空襲の餌食となった。とくに工場の集まる東口が徹底的に焼かれ、台地のある西口は助かった。しかし、おもしろいことに、焼かれて更地になったことで、東口は戦後「都内で一番早く復興した。道幅は広くなった。モダンな防火建築の共同店舗」が作られ、赤羽は戦後、城北地区でもっともにぎわう繁華街へと変身する。『東京風土図』はこの章を「焼け太り……赤羽東口」と題している。「焼け太り」という表現がなんともすごい。

司修の通った銭湯跡を発見！

司修年譜を見ると、赤羽で住んだのが「赤羽西、稲付町」とある。これがよくわからない。司が上京した昭和三十年代、赤羽西という地名はなく、赤羽駅の南側一帯に東西ともに「稲付町」が広がっていた。現在「赤羽西」といえば、赤羽台団地のある南側一帯の地名として存在する。

『赤羽モンマルトル』所収の表題作「赤羽モンマルトル」に「久しぶりに赤羽に来てみると」と、小説に書かれた時制から約三十年を経た昭和六十年に赤羽を再訪した体験を小説にとり込んでいる。以前にも一度、赤羽を歩いたらしく、厳密に言えば再訪は二十年ぶり。そこに「昔、僕の住んでいた稲付は、南口の階段を降りて王子の方へ三、四分歩いたところだった」と書かれてある。これは赤羽における二度目の下宿か。「巴里館」は荒川の少し手前にあったと小説の記述にあるからだ。それなら、赤羽駅の北東側、現在の岩淵町か志茂四丁目、五丁目あたりに該当する。

じっさいに単行本の『赤羽モンマルトル』を片手に歩いてみると、そこからまたすでに三十年近くを経ているわけで、なかなか容易には司の記述通りにはたどれなかった。おそらく現在の「赤羽南」あたりと見当をつけて、うろついたが、「新天地のネオンの路地」も「足利銀行」も今はない。「間借りした家は寿司屋の真裏」というが、司が再訪した時点で、すでにその寿司屋も消えていた。

ただ、「毎日のように通った銭湯」として「玉の湯」が昭和六十年には営業していた。さっそく検索してみたが、これもすでに廃業。路上で立ち話をしていた老婦人二人に「あのう、このあたりに『玉の湯』さんという銭湯が」と聞くと、「もうとっくにやめちゃったわよ」と言いながら、あっさりと場所を教えてくれた。牛乳販売所のある角を右に曲がり、「喫茶ポチ」の目の前にある個人住宅が「玉の湯」の跡地であった。せっかくだから、この「ポチ」に入りコーヒーを飲んだ。

だからどうした、という話だが、銭湯の跡地を見つけた勢いで、疲れた足にようやくはずみがつく。司修がこの後、「巴里館」跡を訪ねたように、私も三十年後の影を追って歩き始めた。

西村賢太と赤羽

「王子からの道は、カトリック赤羽教会のある大通りに繋がっていた」という大通りはたしかに王子駅前から東十条駅の東側を通って、赤羽まで続いており、これはかつて都電の走っていた道でもあった。「カトリック赤羽教会」は、いまでも健在。教会の前にあるパチンコ屋の隣りにあった映画館、そして駅前の通りにあった映画館も西友になった、と司は書いている。たしかに、教会の前の通りを消防署角で曲がると、図書館の入った赤羽会館前に西友がある。見ると、屋根の傾斜した変格の造りで、かつて映画館だったことをうかがわせる。

赤羽会館の先、赤羽公園の前に赤羽病院が見える。ああ、ここが……と立ち止まった。というのも、赤羽を文学不毛の地と書いたが、私小説界の暴れん坊・西村賢太の代表作『苦役列車』所収の「落ちぶれて袖に涙のふりかかる」という、いまどきにないタイトルの小説に、この赤羽病院が登場するのだ。

「赤羽に、夜八時までやっている小規模の総合病院があるが、彼が何年か前に偏頭痛の為に通っていた際、そこはわりと煩瑣な検査もせずに数種類の薬を処方してくれた記憶があった」という記述は、あれこれ検証すると、「赤羽病院」に合致する。この後、著者の分身・貫多は、「高架線路の向かい側にある、この界隈で最もうまい立ち食い店を目指し」、「ヨーカ堂の裏手辺」の「小さな古本屋」の均一棚で、川端康成『みづうみ』の裸本を買う。この「立ち食い店」が「だるまそば」で、「古本屋」が「平岩書店」であることは容易に見当がつき、意外や、西村賢太が赤羽文学に貢献していることがこれでわかる。西村賢太も、司修と同じく学歴は中卒止まり。しかも、司が赤羽以前に下宿していた滝野川は、西村の作品にも登場する重要な場所だ。各種文学散歩において、田端以外は劣勢な北区に、新しい光が射したようだ。

「巴里館」へ話を戻すと、「トラックが激しく行き来する国道を渡ると、二十年前と少しも変わらぬ町並になった」と「赤羽モンマルトル」にある。駅前から途中アーケードに変わる商店街を抜け、赤羽中学校前交差点の信号のある通りが「トラックが激しく行き来する国道」。その先、急に町の様子が変わり、ひっそりした商店街となり、住宅街へと続く。

その先、「左へ左へ曲がりながら行くと、荒川の少し手前に巴里館はあるはずだった」と書かれている通り、すでに残骸すらない。これはもう、どう考えても仕方のないことである。荒川がそのまま変わらず、滔々と流れをつくっていることに満足するしかない。昭和は遠くなりにけり、だ。

「巴里館」描写におけるだめ押しの詩情

『赤羽モンマルトル』では、新二の目に映った「巴里館」が描写されている。

巴里館らしき当該の場所には、ストリップ劇場かと見える、裸の女の絵が飾った小屋があり、その「左手に、『美室』とはとても思えぬ、アパートらしき箱形建物があった」。これが「巴里館」。戦前から戦後にかけて、美容室やバー、喫茶店から食堂まで、あらゆる商売の屋号に「巴里（パリ）」は濫用された。

「三畳一間、小窓一つ、床は焼けて茶色い畳敷、押入もない」部屋。「所々に、病気の螢のような豆電球があるが、昼でも暗い廊下。部屋の一つ一つが、生きもののように微動している感じ、それはアパート全体の外観からもいえた。建物というよりは、みの虫や鳥の巣を思わせた」と、とめどもなく悪条件が重なっていく。

しかし、これは司の筆の力かと思うが、「巴里館」の欠点がだめ押しされるほど、文章からはある種の詩情が浮かび上がってくる。近代的な高級モダンアパートの美質をいくら積み重ねられても、読者は感動しない。日本の文章は、弱点や貧しさを訴えるとき、生き生きと輝き、あぶれ者、はみ出し者を語るとき、力を得るような気がしてならない。『赤羽モンマルトル』の魅力は、まさしく、その「負」の力である。そして、「負」は連鎖していく。

「巴里館」の家主・鷹野モモは、八十という老婆ながら若作りで、肌がいやにきめ細かい。初対面の新二に、「部屋のことより美容術について長々と話した」。みな、彼女を「モモババ」と呼ぶ。モモババは自分のことを「先生」と呼ぶよう要求する。化物

だ。この「モモババ」について種村季弘は「情人の追跡をまきながら、赤羽駅前や十条の迷路めいた横丁を自在にすり抜けて、根拠を持たぬ流れ者なるがゆえに生の難路を切り抜けおうせた、半生のしたたかな紆余曲折を髣髴とさせる」と評した（『小説万華鏡』）。まっさらな新二（名前がそれを補強する）は、「巴里館」に身を置くことで、カーニバル的異界へ染まっていく。

この「巴里館」、終戦直後、住宅をなくした人たちの中に大工がいて、身の置き所として建てたのが始まり。いわば、舞台の大道具的簡易住宅で、台風でも来れば、たちまち被害に遭う。すごいのは、建物が壊れるたびに増築されることだ。しかも材料費はタダ。

「A川の上流の被害が大きければ、水門の近くには、寄せられた漂流物の中に、丸太から角材、板に至るまでの建材が得られた」という。その建材を使って増築するのである。また「今はそこに継ぎ足し継ぎ足しで三十二世帯が住む凸凹した窓のある積木といったら美し過ぎる兎小屋の中で、四十数人が息をし、欠伸をし、溜息をつき、泣き、笑い、怒り、抱きあい、眠っている。アパートそのものが生きもののように息をしている感じである」と、司は歌うようにことばを紡いでいく。

人も建物も、戦後のアナーキーなエネルギーに満ち満ちていて、災害に遭っても、誰に訴えるわけでもなく、自力で再生していく。自称漫画家の新二も、そのエネルギーに巻き込まれていく。巴里館に住むことは交通事故のような突発的なできごとであったが、まるで必然のように、この地になじみ、もはや戦後ではないと宣言された昭和三十三年を生き始めるのだ。このとき、赤羽がとても魅力的な街に見えてくる。その時読んでいた萩原朔太郎の自食する蛸を描いた散文詩「死なない蛸」に自分を重ね、ひとり涙する新二。

赤羽時代が一番好きだ

司自身が赤羽で一人暮らしを始めた頃のことを『Oe：60年代の青春』（白水社）で書いている。上京した「二十四歳の夏から半年ほどで、貯めた生活費を使い果たし、画家になる夢が絶望で閉ざされるころ、田舎に戻ったら二度と都会生活することもなければ画家になることもない。銭湯代もなければ明日のパンもない」四畳半生活だった。

新二の場合は、巴里館に併設された映画館の看板描きをする阿部という男の助手になり、食い扶持を得る。これは司自身の前橋での履歴と合致している。日本映画は昭和三十年代半ばにピークを迎え、高度成長とともに斜陽となる。師匠となる阿部と話してみると、意外や新二と同郷だった。劇場のモギリをする女・絹代も、新二を見るなり、「シンちゃんじゃない?」と、まるで過去を知っているように声をかけてくる。絹代は両腕とも義手だった。戦争は生き残った人間に痕跡を残す。

『赤羽モンマルトル』では明確にしていないが、たぶん著者の出身地・前橋を思わせる故郷は、高崎線と両毛線を乗り継いで約二時間の距離だが、捨てるに捨てられず、悔恨のように新二につきまとうのだ。小説『赤羽モンマルトル』が、どの程度、著者の司修の実体験と重なるか、読者にはわからない。ただ、新二も司修も、赤羽を卒業することで、東京をより東京らしく、肌身で感じるようになったのではないか。

年譜を見ると、昭和三十八年に赤羽から大泉学園の富士見通りへ移転。その後、同棲していた女性を妊娠させ、世田谷区下馬の農家の一室に住む。この頃より、桃源社、河出書房新社などから挿絵の仕事が舞い込むようになり、司修が司修らしい姿を見せ始める。昭和三十九年には、西武池袋線沿線の大泉学園へ。その後、移転の詳細は年譜からはたどれぬが、現在は東京西郊の某所に住居を得、武蔵村山に仕事場があることがわかる。つまり、上京して以後、司修は西へ西へ移動しているのだ。

島田荘司『火刑都市』は、ほんの少しだが、赤羽の出てくる小説。ここで刑事の中村は、焼死者を出した放火事件の現場から消えた女、由紀子が東京で残した足跡を追う。そこで気づくのだ。上京者の由紀子は一時期赤羽に住み、それから東京を西へ西へ移動している。

「東北出身者はたいてい上京すると日暮里や赤羽、千住あたりに住みつく」と、刑事の中村が言う。

司修の画運は、赤羽を離れ、西へ向かう頃から上向き始める。しかし、『描けなかった風景』（河出書房新社）のなかでは、こうも書くのだ。

「赤羽モンマルトルをスケッチし、架空のカルチェラタンを彷徨い歩いた馬鹿馬鹿しい赤羽時代が僕は一番好きだ」

開高健を包み込まなかった東京

それは「清潔でしたよ」と開高健は言うのだった。話の相手は吉行淳之介。何がといえば、大阪空襲後の焼け跡の話である。太平洋戦争下の空襲と聞けば、まず東京大空襲を想起するが、第二の都市・大阪も痛めつけられた。一九四五（昭和二十）年三月十三日深夜から未明にかけてそれは始まった。六月に四回、七月に二回、そしてこれはあまり知られていないことだが、八月十四日にもB29百五十機が押し寄せ、大阪陸軍造兵廠に集中して爆撃を行った。翌日が終戦だから、イタチの最後っぺとも言うべき悪しきいたずらであった。

　開高健は昭和五年十二月三十日、大阪市天王寺区東平野町に生まれているから、敗戦の年にようやく十五歳。直接に空襲の被害は受けなかったが、父親が二年前にチフスで亡くなっていた。戦後、祖父が汗水たらして作り上げた四軒の家作も次々と失い、すさまじいインフレの激流は、開高家の財産をすべて押し流した。

　昭和七〜九年頃、奈良公園で写した開高一家の家族写真があるが、大きな木の下で鹿に囲まれて寄り添う家族のなかに二、三歳頃の開高健がいる。頭の帽子から爪先に至るまで、裕福な家庭の子弟を思わす「坊ちゃん」スタイルである。同じ吉行淳之介との対談（『もっと笑いを！』所収）で、こんなことを言っている。

「わたしはね、もし、ドンガラ食らってないで、家も落ち込んでなくて、ぼんぼん育ちのままだったら、と、夜中トイレにまたがって、よく考えるんですわ。浮かんでくるのは、京大か東大の仏文の先生で、専攻はブル《ママ》ースト」

「ドンガラ」とは空襲による被害のこと。冗談めかした言い方だが、自分のことをおどけて話すとき、そのなかに幾分かの本音が隠されているものだ。それほど裕福だった一家に戦争が課した運命は過酷であった。家にお金も食べ物もない。後年の丸々太った体型からは考えられぬ尖ったナイフのように痩身の少年の肩に、いきなり一家の経済が家長としてのしかかったのだ。そして混沌と猥雑な集合体である大阪が更地となった風景を目撃した。これは強烈だった。

吉行との対談のなかで、開高は「いま、大地震でもきて、何もかも乱離、骨灰、瓦解したら、落ち着くんじゃないですかな」と呟く。これに対し吉行は「もう要らんよ。あの瓦解は、もう要らない」ときっぱり拒絶する。ところが、開高は食い下がり、なおもこう主張するのだった。

「シンドイけど、清潔ですぜ。大阪の町のド真ん中で、地平線に夕陽が落ちてゆく。あの夕陽は清潔でしたよ」

吉行は大正十三年生まれ。開高より六歳年上で、敗戦の年に二十一歳になっていた。この年齢の違いは大きい。吉行は即日帰還とはいえ、召集された経験もある。しかも東京大空襲で焼け出された。とても焼け跡をポエティックに眺める感性の余地はなかったと思われる。

開高健にとって、一九四五年の何もかもが焼き尽くされ、まっさらな土地になった大阪の荒野のような風景を見たことが、生涯において決定的だった。自伝的小説『夜

と陽炎　耳の物語＊＊』で「少年時代のいつからか巣喰うことになった、日頃はどこかに顔をかくしている荒地願望」とは、まさしくこのことではないか。のち「荒野」を求めて『ロビンソンの末裔』を書くため取材した北海道大雪山麓の開拓民の村、原初の自然を残す新潟・銀山湖、釣り竿かついでアマゾンやアラスカへ赴くなど、辺境とも呼ぶべき無垢の場所へ足を運ぶようになるのである。人の垢のこびりついた街より、清潔な荒野を望んだ一生だった。

東京に攻め上る

だから、もともと東京に住むのは無理だったのである。

開高健は一九八九年十二月九日、食道の腫瘍に肺炎を併発し、病院で息を引き取った。享年は五十八。私は今年（二〇一六年）で五十九歳だから、その若さにたじろぐ。直接の死因は食道腫瘍で、併発した肺炎で死が早まった。無理がたたったのではあるまいか。故郷の大阪にそのまま住み、京大の教授にでもなってプルーストでも教えていれば、もっと長生きできたかもしれない。

それにしても、なぜあんなに世界中を飛び回って旅したのだろう。戦争はこりごりだったはずなのに、わざわざ戦火のベトナムに従軍記者として志願、ジャングルで死にかかってもいる。

「もともとが不定愁訴と情動不穏で生きる心の持主だからか、三十代のはじめ頃から放浪癖にとりつかれ、三年に一度ぐらい発作を起して家からとびだして遠い国へタフでハードな旅に出かけるのが習慣となり、それは今でも続いているが、帰国すると、その日から家にこもってゴキブリなみの暮しである」(「タケシ・カイコウ・一九八二年」『COLLECTION開高健』)

鉄板の上でじっとして温められ、熱が飽和に達するとはじける豆みたいに、ひと処に留まることなく、開高は生涯の途上ではじけまくっていた。「上京」は「タフでハードな旅」への最初の一手だったかもしれない。東京という街が好きだったのではない、と思う。作家として世に出るための方便だったのだ。東京で開高が足を向けるのは本屋と映画館と酒場に限定され、のんびりと町歩きを楽しむ、というようなことはなかった。

開高健が上京したのは一九五五年、二十五歳のとき。五十八年の生涯のうち、前半の二十五年が大阪、約二十年を東京都杉並区、残りが神奈川県茅ヶ崎市という配分になる。上京後も世界中を飛びまわる期間は長く、東京在住期は思ったよりも短い。東京はついに開高健を包み込まなかった。

　開高健と東京について考えるときに、絶好の資料が『悠々として急げ　開高健と昭和』と題された杉並区立郷土博物館刊の図録。二〇〇八年に、同館で開かれた写真展に基づいている。以後、この図録をベースキャンプに歩を進めていくことにする。

谷沢永一《たにざわえいいち》との運命的邂逅、同人誌「えんぴつ」への参加、七つ年上の才媛・牧羊子との恋、寿屋（現・サントリー）への入社と、大阪時代で語るべきことは山ほどある。だが、我々は開高を大阪に渋滞させておくわけにいかない。どうしても東京へ行ってもらわないと話が始まらないのだ。

　今回、開高健の若き日のことをあれこれ調べていて、彼が上京に至るまでのエモーションは奈辺にありや、と探ってみたが、直接に後押ししたのは島尾敏雄だった。一九五一年に谷沢永一、向井敏、牧羊子、そして開高を擁した「えんぴつ」を解散したのち、「文學室」「ＶＩＬＬＯＮ」といった関西の有力同人誌に参加し、一九五三年には、こちらは東京の「近代文学」に「名の無い街で」ほかを順次発表。頭角を現していた。

「東京へ」と、のど元まで出かけた腹の声を、後押ししたのが島尾敏雄だ。谷沢永一『回想 開高健』によれば、一九五〇年十月、当時「六甲」に住んでいた島尾敏雄を、谷沢・開高のコンビが訪ねている。一九四八年に『単独旅行者』が出たときから、開高は島尾を敬愛し、島尾も早くから開高の才能を買っていた。その島尾が、開高にこう言った。

「小説、書こ思《おも》たら、東京、行かんと駄目ですな。(中略)東京は、文壇、でしょう。文壇、がわからなかったら、書いても、あかん、と思いますね」

この託宣を、二人は電流に打たれたように聞いた。そして二年後、一九五二年に島尾敏雄は妻子とともにひと足先に上京する。『死の棘』の開幕だ。関西で頼るべき先輩の文学者の島尾が上京してしまった。開高は焦ったにちがいない。「その後しばらくして氏は東京へ攻め上る」(『人は、いざ……開高健全人物論集2』)と島尾の上京を表現している。文学の牙城はなんといっても東京にあった。「攻め上る」とは気負った表現であるが、事実、気負っていたのだろうと思う。

しかし、この時、開高は大阪の洋酒メーカー寿屋・宣伝部の一社員に過ぎず、寿屋に東京支社はない。そこで一計を案じた。それが、あの「洋酒天国」の誕生である。

又もやドブ川のほとりのペチャビル

一九五〇年代後半に、全国に広まりつつあったサントリー直営のバー「トリスバー」で、顧客に配られたPR誌が「洋酒天国」。当時、宣伝部の同僚だった坂根進は「あれは多分開高君が東京へ出たい口実に、何かやろうというので考えたんです」と証言している。開高とコンビのイラスト担当・柳原良平が編集会議のたびに東京へ出張していた。それでは面倒だと、二人で会社に転勤を申し出た。サントリーの社訓「やってみなはれ」の通り許可され、ついに寿屋の宣伝部が東京に作られることになった。最初は日本橋蠣殻町。「蠣殻町の運河のほとりにあり、二階建、モルタル張りの見るからにケチな家屋だった。（中略）昼になると、オデン屋がやってきて、〃プォーッ〃とラッパを吹く。するとあたりの名刺屋や下駄屋のおばさんが鍋を持ってでてくる」（『やってみなはれ　戦後篇』）と書く。「右隣りはウナギ屋、左隣りはオートバイ屋である。名刺印刷屋、革細工屋、ラーメン屋など」が建ち並ぶ一角で、これが開高健の東京であった。

「蠣殻町の運河」とは、いまは都心環状線（首都高速）でフタをされた日本橋川で、隅田川の水を東京湾へと導いている。「洋酒天国」は最盛期には二十万部を超える評判の雑誌となり、手狭となった支社は対岸の茅場町のオフィスビルへ移ることになる。こちらも二方を運河で区切られた水辺の町であった。またしても運河である。

考えてみれば、大阪にあった本社ビル（小さな〝ペチャビル〟と呼ばれた）もまた、目の前を堂島川が流れていた。坂根進は、「東京の事務所も、又もやドブ川のほとりに立つ『ペチャビル』であった」と書いている（『これぞ、開高健。』「面白半分」一九七八年十一月臨時増刊号）。不思議と開高健の行くところ「水」がつきまとう。

東京支社に勤務するため、社宅を買う費用の上限は四十五万円（現在の物価は二十倍強、一千万円ぐらいに相当するか）。「東京出張のたびに二人であちらこちら社宅探しに歩きまわった」と『これぞ、開高健。』で柳原良平が語っている。「東京へ行こう、東京でなければだめだ。二十年前の私たちも、今の若者のように東京を目ざした」と、これも柳原の弁。開高自身は、なぜか自伝的小説『夜と陽炎　耳の物語＊＊』にも、上京の昂り、自分を生かせる新天地を獲得した喜びなどは書いていない。それが一九五六年十一月一日であること、大阪発夜行急行「銀河」の三等寝台で旅立ったことなどがわかっていても、饒舌な開高がこの件に関してはほぼ沈黙している。ただ、前出の図録『悠々として急げ　開高健と昭和』に、東京への引っ越しを知人たちに知らせる案内ハガキが掲載されている。

「とうとう東京にでてきました。在阪中のご厚情を深謝します。東京はやたら人間ばかり多くて満員電車に乗らなくてもお互い耳の穴を覗いたり覗かれたりして暮しているらしいのですが、そんなことはいっさいがっさい知らぬ存ぜぬで通そうと思っています（後略）」と横書きで印刷されてある。「『とうとう東京にでてきました』という書き出しに、開高の気負いが感じられます」とは図録の解説。上京についての弾む心が確認できるのは、この案内ハガキぐらいか。

　NHKで放送された「知るを楽しむ　私のこだわり人物伝」の「開高健」の回でナビゲーターとなった重松清は、番組テキストのなかに、「大阪出身の開高には、江戸のノスタルジアなどは微塵《みじん》もありません。また、あくまでも転勤によって上京した開高には、『三四郎』や『僕って何』のような青年のナイーブさもない。要するに、東京に気おされていないのです」と書く。私は上京する開高における、ここが急所だと思う。

水のない町に住む

最初に住んだ家の最寄り駅は西武新宿線「下井草《しもいぐさ》」。どういう伝手があってこの町が選ばれたかはわからぬが、小さな建売住宅に居を構える。これは『夜と陽炎』に記述があり、「杉並区向井町の、雑木林や、水田や、畑のまじった窪地にある、玩具のような社宅」（前掲図録）だった。向井町は旧町名で、現在の下井草一〜四丁目の一部、それに早稲田通りを挟んで、本天沼二、三丁目の一部を含む一帯である。中央を東西に妙正寺川が流れている。開高宅のすぐ裏手にこの川が流れていた。またしても「水」である。某日、附近を散策してみたが、たしかに川を背にした「窪地」だった。敗戦からまだ十年、土地の値段も安かったろうと推察される。

一九三八年十二月、開高七歳の年に一家が越した北田辺は、当時、大阪市の南の郊外で「畑、水田、空地、草むら、川、池などが、どこにでもあった」（『破れた繭 耳の物語＊』）。『青い月曜日』に、この郊外での生活が描かれているが、東京・下井草ののどかな田園風景は、開高に痩せて腹を空かせていた少年時代を思い出させたかもしれない。

開高はこの家で「裸の王様」を書いた。一九五八年二月に芥川賞を受賞。すでに前年、「新日本文学」に発表した「パニック」で一躍新進作家として注目を浴び、各文芸誌から原稿依頼が舞い込んでいた。昼は洋酒会社で新聞雑誌の宣伝文句をひねり出し、出すたび部数が伸びる大評判の「洋酒天国」の編集をする。夜は、玩具のような家の「奥の部屋のすみっこに床の間とも何ともつかない凹みがあるので、そこへ一閑《いっかん》張《ばり》の机を持ち込み、安物のカーテンをつるして妻や娘から姿をかくし、未明近くまで呻吟《しんぎん》した」（『夜と陽炎』）。

そのためか、下井草なり三年後に移り住む隣りの駅の井荻を、町として描写した文章が極端に少ない。自分が移り住んだ東京の町と、決してなじんでいないのである。芥川賞受賞後、「会社勤めと執筆の二重生活の胸苦しさ」（『夜と陽炎』）に耐え切れず、開高は会社を辞める。「玩具のような社宅」は、社員ではない以上、出ていくハメになる。そこで「見つけた売家は駅を一ついったところにあり、杉並《すぎなみ》区と練馬区の境界の近くである」（『夜と陽炎』）とされた井荻の一軒家に移り住む。住所は杉並区矢頭町四十番地(現・杉並区井草四丁目)。ここも雑木林や麦畑、キャベツ畑が広がる郊外であった。ただし、川も運河もない。初めて近くに「水」のない場所であった。川どころか、まだ水道もなく、井戸を使っていた。ガスはプロパン。「いまの東京なら井戸のほうが夏でもかれなくていいのである。酔いざめにもおいしいですしね」とあるのは『ずばり東京』の「練馬のお百姓大尽」の章。ちょっと言い訳のようにも聞こえる。井荻駅前には昭和三十年代まで、下肥用の糞尿溜池があったという。無理して言えばここに「水」がある。

一九六九年に初の釣り紀行『フィッシュ・オン』の取材に出かけ、七〇年には銀山湖のある新潟県旧北魚沼郡の村に長期滞在と、水のないところでは棲めない魚のように「水」を求めて彷徨し始める。そしてついには、海に近い、もはや東京ではない茅ヶ崎へと居を移す。これは偶然だろうか。

そして「太った」

この矢頭町の家には一九七四年に茅ヶ崎へ移るまで十六年を過ごしたが、こちらも町としての印象はほとんどなかったようだ。嘱託という身分で、ときどき社へ顔を出す以外は、この家の二階にある仕事場に閉じこもって、夜通し、白紙の原稿用紙とにらめっこする日々だった。「この家には結果として二十年ほど棲《す》んだのに、左右の隣人の、名前も、顔も、何ひとつとして思いだすことができないというていたらくである」と『夜と陽炎』で自嘲する。原稿を書きあげると、新宿へ出て一日中、映画を観ていた。映画館を次々とハシゴするのだ。

新宿は、銀座とともに開高の作品にひんぱんに見える「東京」であったが、それでも街の風貌や感触については素っ気ない。傑作ルポ『ずばり東京』は、一九六〇年代前半、まだ東京オリンピックによる大変貌を遂げるぎりぎり前の東京が活写されているが、アクロバットのような文章の芸が費やされるのは、ほとんど人についてで、新宿の章も二十四時間、街にへばりついて人の動きを偵察するだけである。

某日、「悠々として急げ」展の図録を持って、西武新宿線「下井草」「井荻」を訪ねてみたが、最初の向井町の家は影もかたちもなくなっていた。しかし、二度目の最寄り駅「井荻」の方は、それらしき家が残っていた。現在、「開高健記念会」と称する組織の住所がまさにここだ。

いま開高の住んだ家の前には「井草森公園」が大きな敷地を占め、憩いの場となっているが、これは一九九六年の開園で、開高がいた頃にはなかった。現在の地図をもとに、駅までの近道を開高がたどったであろうルートで歩いていくと、都営アパートの先、道が踏切りに向かって心持ちカーブしていく。図録には、井草の家から雨の日に通勤のため井荻駅へ向かう開高の貴重な姿を写真で確認できるが、傘をさして歩くコート姿の開高の後ろ、やはり道はカーブしている。これだ、と興奮した。開高と同じく、カーブする道を歩きながら、やっぱり机上で妄想するだけでは駄目で、足を運ぶことが大事だと悟った。

この「雨の朝の出勤」と題された写真のキャプションは「井草（著者注・旧矢頭町）の自宅付近は、まだ宅地造成中で、雨の日には道がぬかるみました。長靴を履いて出勤するサラリーマン開高健です」とある。まだ顎の先が尖り、シルエットはスマートだ。

写真を撮られると、頰の下に影ができる痩せた青年が、いかに膨らんでいくかが『これぞ、開高健。』掲載の口絵グラビアで年代順に三枚並んだ顔写真でわかる。すでに三十代において、あきらかにそれまでと別人だ。坂根進によれば、太るきっかけは

一九六〇年、日本文学代表団の一員として、中国を訪問したことにあった。帰国した姿に坂根は驚いた。あの開高が太っていたのだ。「まあ、あれだけごちそうを毎日食っていれば、それは太るのはあたりまえで、大江君もそうでしたね」(「サントリークォータリー　開高健　いくつもの肖像画」)。そういえば、芥川賞受賞頃の写真では痩せている大江健三郎も、開高と競うように体重を増やしていく。

もう一つの「荒野」

「他人に理解されない細やかな神経だけが持つ苦悩は、おとうさんに似た人種には共通に在るようで、それを感じました」と島尾伸三は開高健の印象について書く。開高は、奄美大島に移住した島尾敏雄の元を訪ねている。そこで、のち写真家となる長男・伸三は、子どもの目で父親の友人をそう見た。太った体型、そしてあの大声、大阪弁で繰り出すジョークやほら話。それを傍若無人と見る人は見るだろうが、傍らに人がいるからこその振る舞いであった。

「自分の神経質な面を他人から脅かされたときに脆いですから、それを脅かされないように機先を制して相手にがーんと行くというのが、彼の一つのテクニック」と、古女房らしき観察を柳原良平がしている。太ることも、大声による大阪弁も、もっと言えば「上京」も、開高にとってはある種の「擬態」であった。

神経がそよぐ、内向的な痩せた若者は大阪にいた。気質は、まちがいなく大阪人である。だから、山口瞳（一九二六年生まれ）が新興の文教地区・国立を、小林信彦（一九三二年生まれ）が実家の和菓子屋があった両国を、繰り返しエッセイと小説で描き込むようには、開高は東京を描かなかった。小林も山口も生粋の東京っ子である。なめるように古きよき東京を嘆賞し、乱暴な町の変貌を嫌った。

山口はしばしばエッセイのなかで、大阪および大阪人の悪口を書いた。大阪人の私としてはそれがイヤで、溜め込んだ山口瞳の本をすべて処分したことがある。山口が寿屋宣伝部に入社したのは一九五八年。芥川賞受賞で作家業が忙しくなった開高の後釜として、「洋酒天国」編集と広告宣伝に携わる。このとき、まわりは大阪人が大勢を占めていた。「騒々しさ、汚なさ、えげつなさ、ガッチリさ、エネルギー、ふてぶてしさ、インチキさ、庶民性、勇気、ばか力、アホらしさ、賢明さ」とは、小田実による大阪評（「日本読書新聞」一九六一年九月十一日）だが、東京人の山口は、初めて、水で割らない生の「大阪」にぶつかって、神経を削られてしまったのかもしれない。

今回何度も引用する「サントリークォータリー」で、山口瞳がインタビューを受けているが、開高健についてこう言っている。開高はよくミステリーを読んでいた。山口はまったく読まない。「ミステリーというのは、キザったらしい、バタ臭いところがあるでしょ。開高さんって、そういう感じの面と、それから言ってみれば大阪人の泥臭いところがあったと思うんですよ。僕は駄目ですね。あんなに目が世界に向かないんですよ」。

開高の「目が世界に向」く時期と、太ってゆく時期が重なっている。あまりに太った開高の姿を見過ぎて、痩せた姿がしっくりこなかったが、図録『悠々として急げ』では、尖った顎の開高がたっぷり拝める。「バッカスにて」と題された一ページには、新宿中村屋の近くにあった酒場「バッカス」のカウンターにひじをつき、頰に手をあててウイスキーを飲む開高の写真が四点、掲載されている。「芥川賞受賞後、筆が進まず苦しんでいた時期」だと説明がある。

二度目の東京の家時代、しばしば都心に出て、夜の酒場をハシゴしては終電車で帰宅していたらしい。そんな一夜を描写した個所を「揺れた」（『見た・揺れた・笑われ

た』所収）という短編から。

「小説家は電車からおり、改札口をぬけて、家に向う。郊外の夜はどこかで木や草が息づいて、吸いこむとのどを水が流れるようだ。輝く巨大な塵芥箱《ごみばこ》が騒音をたてて東へ走ってゆく。ゆるい坂をのぼり、井戸水と悪口屋のぎすぎす女が待っている家をめざして」帰っていく。

開高にとって、夜にだけ、東京はもう一つの「荒野」と化した。

藤子不二雄Ⓐ
まんが道とトキワ荘

富山県高岡市へ行ってきた。ここは藤子不二雄という漫画の合作コンビを生んだ地。手塚治虫に憧れて、二人揃って上京するのは一九五四（昭和二十九）年六月二十八日。それまでの十代の青春が、この北陸の静かな城下町で育まれたのである。東京駅から上越新幹線で越後湯沢へ。ここで北越急行に乗り換え高岡までの所要時間は約四時間半。いまなら北陸新幹線が開通し、さらに一時間以上短縮される。二人のときは夜汽車で九時間かかった。

今回は二人の半生を描いた自伝的作品『まんが道』をテキストに、二人の上京と、二人が見た東京を、藤子不二雄Ⓐ（安孫子素雄）を中心に見ていきたい。考えただけでワクワクしてくる。なお『まんが道』では、藤本弘を才野茂、安孫子素雄を満賀道雄と名前を変えてキャラクター化している。いまさらながら一応説明しておくと、藤子不二雄とは、二人の漫画好き友人がコンビで合作するときに使うペンネーム。一九八七年をもってコンビは解消。以後は「ドラえもん」を執筆した藤本弘が「藤子・F・不二雄」、「怪物くん」などの作品を持つ安孫子素雄が「藤子不二雄Ⓐ」を名乗って仕事を続けることになった。しかし、藤子不二雄名義の初期段階から、二人の分業はすでに始まっていた。ギャラは折半。それでいて、少年時代から培った友情にヒビが入ることは終生なかった。稀有な例と言っていいと思う。

私が高岡駅に着いたときは小雨模様。連絡通路を使ってウイング・ウイング高岡という複合施設を持つビルへ。ここで自転車が借りられるのだ。高岡市中には路面電車も走っているが、短時間で方々を巡るには自転車が一番。私は地方の大きな駅に降り立ったときは、まずレンタサイクルを探す。

最初は駅前から延びる大通りの商店街へ。ウイング・ウイング高岡から目の前のところに「文苑堂書店」という新刊書店がある。『まんが道』でひんぱんに登場し、タコみたいな顔の主人が帳場にいる店だ。二人はここで手塚治虫『ロスト・ワールド（前世紀）』を手に取り、その新しさに天啓を受ける。全国の漫画少年が投稿する雑誌「漫画少年」もここで買った。朝早く、まだ客の姿もない店へ入ると、入口左脇に藤子不二雄コーナーがあった。二人の各種作品が揃えられている。さすが、だ。レジにいた女性に訊ねると、彼らが通った頃とは建物は変わったが場所は同じ、とのこと。

次に訪れたのが駅からすぐの「定塚《じょうづか》小学校」（二〇二二年閉校）。二人が出会い、漫画を通じて親友となる記念すべき場所だ。いま気づいたが、「定塚」は「ていづか」とも読める。手塚治虫を神として崇め、「まんが道」を歩み始めた二人は、小学校のとき、そのことを話題にしただろうか。校門の奥に二宮金次郎像が見えた。この小学校の学区定塚町で、藤本弘は一九三三年十二月一日に生まれる（一九九六年に死去）。一方の安孫子素雄は一九三四年三月十日、富山県氷見郡氷見町生まれ。小五の六月に父親が死去し、高岡市に移ってきた。なお、藤本も父親がなく、二人とも長男だった。家も近く、中学までは通う学校も同じで、生い立ちの似た二人はすぐ親しくなり、漫画という魅力ある創作ジャンルに没頭していくのだ。

上京の機は熟した

　定塚小から高岡古城公園を目指すが、その前に、すぐ近くの高岡大仏を拝む。背に光輪を頂いた約十六メートルの銅製の像。これも『まんが道』によく登場する。そして古城公園。お濠に囲まれた城趾公園で、二人は学校の帰りに、ほとんど毎日のようにここに足を踏み入れ、将来の夢を語り合った。犬を連れた人、ジョギングする人、散歩するご老人など、市民の憩いの場となっているようだ。敷地内にある「射水《いみず》神社」は、二人が初詣でをした神社。

　公園からすぐ近く、道を挟んで高岡工芸高校がある。中学卒業後、藤本が進学した高校。安孫子は高岡高校と初めて離れるが、二校の敷地は隣接していた。どこまでも二人は一緒だったのだ。一九五一年十二月には、「毎日小学生新聞」紙上において、「天使の玉ちゃん」という四コマ漫画でプロデビューを果たす。一九五二年に二人は高校を卒業。安孫子は富山新聞社（『まんが道』では「立山新聞社」）に入社。藤本も一旦、就職するが一日で辞めてしまい、プロの漫画家として東京へ出ていく、という抜き差しならぬシチュエーションが作り出される。

足塚不二雄というペンネームで、手塚治虫の強い影響下にある最初の単行本『UTOPIA 最後の世界大戦』を一九五三年に刊行。二人は制作に一年をかけた。とくに無職の藤本が、この作品に「全身全霊を傾けていた」と安孫子は語る（『@ll藤子不二雄Ⓐ～藤子不二雄Ⓐを読む。』小学館。以下『@ll藤子』と表記）。発売されると評判もよく、編集部からは「次の企画を」と言われ、手ごたえをつかんだ藤本は、安孫子に「一緒に上京してまんがを描こう」と詰め寄った。しかし……。

「ぼくは困ってしまった。新聞社の仕事は面白いし、給料も良かったので、満足していたのです。辞めるつもりなんてこれっぽっちもなかったんです」（『@ll藤子』）。「上京」について、このとき二人の間には温度差があった。漫画制作でもリーダーシップを取ったのはどうも藤本のようで、安孫子は気も弱く、優柔不断なところがあった。この関係、オバQ（Q太郎）と正ちゃん、ドラえもんとのび太の関係を想起させる。

安孫子には、新聞社をそのまま勤め、漫画は趣味に留めて結婚し家庭を持ち、母親も一緒に暮らしながら高岡で一生を送るという甘美な人生コースもあった。事実、そんなことを夢見るシーンが『まんが道』にある。藤本の強硬な姿勢に押された安孫子は、反対されることを半ば期待しつつ、上京のことを母親に告げるとあっさり賛成してくれた。こうしてサイは投げられたのである。そして一九五四年六月二十八日、高岡発上野行きの夜汽車に乗って、ついに二人は東京を目指すのだ。

東京での第一歩は雨の新宿

中公文庫コミック版で全十四巻に及ぶ『まんが道』は大好きな作品で、これまでに何度も読み返してきた。しかし今回、新たに読み直すと、二人の足跡を非常にリアルに追いながら、じつは多くのフィクションが混在していることがわかった。たとえば、二人の上京は『まんが道』では一月二十日になっている。高岡は冬景色だ。実際には六月二十八日。なぜ、『まんが道』は上京を半年近く前に早めたのか。

安孫子は少年の頃から詳細な日記をつけていて、一部が『二人で少年漫画ばかり描いてきた』（毎日新聞社）、『トキワ荘青春日記』（光文社）といった著作に採録されているのだが、上京の年の六月二十八日の項を読むと、この日は「朝からどんよりとした曇」で、午前九時にリヤカーを使って東京へ送る荷を二個、駅まで運んでいる。

「チッキ代一個で四五十円取られて目を廻す」と日記にある。公務員初任給の推移から換算して、現在の一万円ぐらいか。「チッキ」とは、民間の宅急便が普及する前、鉄道で手荷物を送るために使われた配達制度のこと。ところが、重量超過で二人は荷物を作り直す。

日記ではこのあと、車中にある安孫子の心境がつづられている。「東京なんかいって、大丈夫なんやろか。ほんとに漫画家になんてなれるのかいな？　なにかトンデモナイことをしでかしてしまった気がして、藤本氏の顔を見る。彼も不安そうに小生の顔を見る」とある。これは正直な気持ちだろう。しかし、『まんが道』では、東京へ行ったら、映画『君の名は』で見た銀座の数寄屋橋を見たいと満賀が言い出し、「おれたち東京見物にいくんじゃないよ‼」と才野が叱るシーンに置き換えられている。もっとも、すぐに満賀が謝ったことで仲直りし、才野の方も「東京へいくことの不安でついいらだってたんだ」と気持ちを吐露させている。

そして二人は力強く握手し、汽車は雪景色から、次第に雪のない東京の風景のなかを走っていく。おそらく、よりドラマチックにするために、『まんが道』では背景として雪を舞台装置に使い、冬の設定にしたのに違いない。夜行で高岡を前日に発って、東京「上野」着は翌朝だ。しかし、これは『まんが道』でのこと。

安孫子日記によれば、二人は朝五時に上野より手前の「赤羽」で下車し、池袋経由で山手線に乗り換え、朝の新宿に降り立っている。その日は雨。二人の上京第一歩は雨の新宿だった。昭和二十九年の新宿には、まだ焼け跡に建てられた即製のトタン張りバラックが駅周辺に残っていた。戦後の匂いを残す町だったが、同時に新宿駅の一日の利用者数が七十万人を超え、東京駅、大阪駅に次ぐにぎわいを見せていた。

『まんが道』では、上野からトランクを提げたまま（現実には新宿駅の荷物預かり所で預けている）目白駅からバスに乗り、椎名町四丁目停留所（現在・南長崎三丁目）へ向かう。バスを降りた満賀が「ほらあの二叉交番のところを右へ入るんだ」と指さすシーンがある。満賀が「トキワ荘」への道順にくわしいのは、前年の夏、単身で上京した際、トキワ荘を訪ね、寺田ヒロオの部屋に一週間、居候した体験があるからだ。

そのとき、寺田は満賀に重要なアドバイスをしていた。「きみたちも本気でまんが家になるつもりなら早く上京してきた方がいいよ！　やっぱり背水の陣を敷かないと真剣にまんがに打ち込めないからね！」。しかし、これはなまやさしいことではなかったのである。「当時、マンガ界には手塚治虫という天才が出現し、活躍していたが、まだ、一般的には漫画家になるということなど、とても考えられない時代だった。ましてや、東京から遠く離れた富山の高校生が漫画家になることなど、夢のまた夢だった」と、藤子不二雄Ⓐに取材した桐山秀樹が著書『マンガ道、波瀾万丈』（徳間書店）のなかで書いている。

若き漫画家たちの梁山泊「トキワ荘」

トキワ荘……世の中に、これほど有名なアパートの名前がほかにあるだろうか。いま、試しに「トキワ荘」でグーグル検索したら、二百四万件の情報がヒットした。東京・豊島区にあった木造モルタルの二階建てアパート。トイレ・炊事場は共同で風呂はなし。四畳半一室の家賃が三千円と、どことい ってとりえのない、ごく普通のアパートだった。

しかし、一九五三年、ここに「マンガの神様」手塚治虫が仕事場として入居したときから、一種異様な輝きを帯びるようになる。最初に寺田ヒロオ、続いて藤子不二雄のコンビ、鈴木伸一、森安なおや、石森章太郎（のち石ノ森）、赤塚不二夫、短期間だったが水野英子と、戦後のマンガブームを牽引する者たちが、ここに続々と集って睦み合い、切磋琢磨したのである。しかもみな二階に住んでいた。二階の居住者のほとんどが若手のマンガ家、という期間もあった。もしもタイムマシーンがあったら、私もこの二階の空き部屋に住みたい！

しかし、やがてみなここから巣立っていき、一九八二年の十一月にアパートは取り壊された。以後、伝説的なマンガの聖地として、その名は語り継がれるようになる。今では、豊島区と地元商店街による記念碑「トキワ荘のヒーローたち」が二〇〇九年に完成し、二〇一二年にはトキワ荘跡地にモニュメントが作られている。（二〇二〇年には、トキワ荘を復元した「豊島区立トキワ荘マンガミュージアム」が開館）。当時をしのんで訪れる全国からのファンのため、自治体が観光資源として、トキワ荘を遺跡化しているのだ。

新宿から「トキワ荘」へ向かう上京初日、『まんが道』では、寺田ヒロオの部屋を訪ねてきた学童社「漫画少年」の編集長・加藤謙一に、急きょ穴埋めの仕事を頼まれ、二人は引き受ける。寺田の部屋をしばし借り、仕事に勤しんでいると、中華料理「松葉」から二人のもとにラーメンが届く。寺田が気を利かしたのだ。これが伝説の「松葉」のラーメンだ。二人はさっそく麺をすすり「ンマ〜イ!」と叫ぶ。

以後も新しい入居者があるたび、出前で「松葉」のラーメンを食することになる。そのたび「ンマ〜イ!」と叫ぶのが儀式なのだ。なんと、「松葉」は、同じ場所で現在でも営業中。「トキワ荘」聖地巡礼者は、必ずここに立ち寄り伝説の「ラーメン」を食べるのである。私も二度食べた。厚切りのチャーシューに、二分の一のタマゴ、メンマ、多めのネギとワカメが散らしてあり、しょうゆ味ベースの汁に、麺はストレートのつるつる。これで現在の価格は五〇〇円(取材時の値段。二〇二二年十月現在六〇〇円)。行列を作るというほどには個性はないが、ごく普通においしい。正統的な東京ラーメンと言えるだろう。入口のガラス戸には、『まんが道』の「ンマ〜イ!」の当該個所のコピーが貼られ、店内にも、タレントや漫画家などの色紙が多数飾ってある。寺田ヒロオ考案の、会合でいつも飲んだ「チューダー」(焼酎のサイダー割り)もメニューにある。

南長崎三丁目に、いまも残る「トキワ荘」遺跡は、ほかに二叉交番、のち赤塚が部屋を借りた紫雲荘、トキワ荘への目印になった「落合電話局」(現・NTT)ぐらいで、「松葉」の健在は非常に貴重なのである(落合電話局はその後解体、現在マンションに)。

「松葉」のラーメンを食べずして、『まんが道』を語るなかれ、というところだろう。と、こう書くと、二人はそのままトキワ荘に入居したみたいに読めるが、さにあらず。

じつは、二人はこのときまだ、トキワ荘に部屋はなかった。トキワ荘を訪ねた後、飯田橋の「学童社」へ寄り、そこで手塚治虫と再会し、また新宿へ戻り、そこで映画を観ている（ヒカリ座でキャプラの『素晴らしき哉、人生！』）。彼らが本来の「寄宿先、両国は森下町へ向う」（安孫子日記）のはその日の夕方になっていた。

江戸情緒を残す墨東の町

そこは、安孫子の遠い親戚の家で、二人の寄宿を引き受けてくれた。「三食付で二人月一万円にしてもらった。ただし、部屋は二人で二畳一間なのでかなり苦しい」と日記にある。一九五四年当時、文京区本郷における三食賄い付き下宿が、平均五千五百円。しかし、これは四畳半および六畳間を一人で使えた。藤子不二雄の場合、間借りの二畳に二人して押し込まれ、月一万はちょっと高い気がするが、どうだろうか。

『まんが道』で見られる、下宿を承諾する旨の手紙に書かれた住所は「江東区森下町二ノ六」。「両国は森下町」と安孫子は書くが、両国は墨田区で、森下町は江東区に属する。もっと言えば、旧町名は「深川森下町」。二人の下宿は、現在の森下二丁目の、新大橋通り南側のどこかにあったと思われる。現在、都営新宿線「森下」駅のある交差点には、かつて都電の電停があった。『まんが道』では、下宿へ向かう初日、国電「両国」駅から都電に乗り換え、「おい、おれたちは何というところで降りるんだっけ?」(才野)、「えーともりかわとか　もりやまとか……」(満賀)などというやりとりがあり、車内アナウンスの「次はもりした～　もりした～」でやっと気づき、「あっ、森下町　ここだ!」(満賀)とあわてて降りるのだ。まことに頼りない。

これはおそらく月島と福神橋を結んでいた都電二十三系統。国電「両国」駅から歩いて東両国緑町電停へ。ここから都電に乗って二つ目、森下町で下車、と想像される。二人はそれまでに一度(満賀はさらに単独でプラス一度)上京の経験があったが、知っている東京は、上野駅周辺、それにトキワ荘の椎名町、学童社のある飯田橋、秋田書店のある水道橋近辺に限られていた。隅田川を越えた東側の東京は、まったく未知の世界だったのである。

このあと、たった四カ月で森下町の下宿を出て、念願のトキワ荘に移り住むのだが、私は二人が両国と深川に挟まれた町で東京生活をスタートさせたことは幸運だったと思う。「この辺一帯は江東地区と呼ばれ、その中を隅田川が貫いて流れ、その風景には、昔の名残りの江戸情緒が漂う……」と『まんが道』のナレーションにある通り、江戸東京の風情が残るエリア。両国には国技館、多くの相撲部屋、吉良邸跡、回向院など由緒正しい名所が点在する。森下町から十分ほどのところには芭蕉庵の跡もあった。

こう言っては何だが、トキワ荘のある椎名町は下町と言えば聞こえはいいが、戦後に開発された場末の新興住宅地で、ごく平凡な町だ。そこに「昔の名残りの江戸情緒」など、まるで感じられない。『まんが道』によれば、森下町の下宿では朝、自転車に乗った「あさり売り」が、売り声を上げて路地を走り抜けていく。下町情緒を一発で感じさせるいい場面だ。「純文学」「純喫茶」に倣うなら「純東京」にたった四カ月ながら、二人は足跡を残した。

そして「トキワ荘」へ

そして何よりも、隅田川に架かる橋がある。二人は森下町の下宿で初めて出された食事「アサリのカレー」(『まんが道』ではコロッケとネギの味噌汁)を食べた後、近所を散歩している。高岡育ちの二人はアサリを食べたのは初めて。「いかにも下町という風情。清洲橋の方へいってみる。隅田川をはじめて見る。濹東綺譚《ぼくとうきたん》の情緒あり」と安孫子は日記に書きとめる。隅田川を見て、永井荷風を持ち出すだけの教養があった。隅田川に架かる橋は、森下町から一番近いのが新大橋。両国に近いのが両国橋。二人が最初に見た清洲橋は、さらにその南、昭和三年に築造された曲線の吊橋だった。芭蕉庵跡の南に、小名木川という水路に南北に架かる萬年橋がある。故郷の高岡市にも市中を北東に流れる千保川があったが、一級河川ながら川幅も狭く、隅田川とそこに架かる橋が作るダイナミズムとは比較にならない。

そして、二人が上京した年の十月、ついにトキワ荘へ移る日が来た。手塚が雑司が谷に新しくアパートを借り(「並木ハウス」現存)、使っていた部屋が空くことに。敷

二〇一四年
伊三夫

金をそのまま二人のために残すという手塚の好意つきで、その後釜に入ることが決まったのだ。トキワ荘十四号室。神様が住んだ憧れの部屋だった。

そのことを下宿のおじさん夫婦に告げると、引っ越し先を聞いて「んマー　ずいぶん遠いとこね！」とおばさんが大げさに驚く。「ばか！　ここからは遠いけど　出版社には近いんだ」と時計の修理を生業とするおじさんがたしなめる。「アパートかいいなあ」とこれはまだ小さい娘。東西の懸隔と、この頃新しい住居形態だったアパートへの憧れがこのエピソードによく出ている。

これまで賄い付きだった下宿から、自炊が必要なアパートへ移る。寺田ヒロオは後輩のために、引っ越しから自炊生活のやりくりに至る、詳細な手紙を二人に送っている。「親切」を超えた、完璧なマニュアルだった。この手紙を安孫子はその後も大事に保存し、その全ページが『@11藤子』に復刻されている。寺田あての「トキワ荘」だった。手塚が出た後、「トキワ荘」二階に住む漫画家が自分一人になってしまったから、寺田としても、二人が引っ越してくることは大歓迎だったのだ。

東京は地方出身者の寄せ集め

みなより少し遅れて一九五六年に入居したのが石森章太郎（のち石ノ森）と赤塚不二夫。赤塚は三歳上ながら、すでに売れっ子となっていた石森のアシスタント役を務めていた。食事を作るのも赤塚の役。このコンビをモデルにして、同じ部屋（のち赤塚が独立）に住む男二人の、一種ホモセクシャルな関係を強調した漫画が、やまだないと『ビアティチュード』。『まんが道』でも、関係者が描いた『トキワ荘物語』にも出てくるエピソードだが、夜中、共同炊事場の洗い場に水をためて、石森と赤塚が水浴びするシーンがある。

石森は昭和十三（一九三八）年、宮城県登米郡石森町（現・登米市）に生まれ、ニキビ面のまま高校を卒業し、上京してきた。洗い場の水浴びについて「田舎育ちで、人前で裸になることに抵抗感があったボクは、大勢で一緒に入る銭湯は、どうも好きになれないでいた」と書いている。炊事場の水浴びは、そのあまりの臭気に耐えかねた赤塚が考案した簡易入浴法であった。

藤子不二雄のコンビはもちろん、鈴木は森安を自分の部屋に居候させていたし、昭和四十年代に日活映画が酷使し手垢がつく「友情」がここではピカピカ光って生きていた。

寺田は新潟、森安は岡山、鈴木は長崎、赤塚は満洲生まれだが上京は新潟から、と「トキワ荘」に集ったのは、みな年若い地方出身者であった。「かばさん」などの作品を持つ児童漫画家・はが（芳賀）まさおの家に、寺田、森安、藤子、永田（竹丸）が訪れるシーンが『まんが道』にある。はがは、それぞれの出身を聞いたのちにこう言うのだ。

「きみたちが　それぞれ生まれ育った風土というものが　今にきっと　作品ににじみ出てくるよ」

いまでこそ、地方都市のどこへ行っても、リトル東京化し、それほどの郷土色は見つけにくいかもしれない。しかし、彼らが上京してきた半世紀前は、方言や風習を含め、独自の郷土性がそれぞれの都市にあった。町が人を作りもするが、人もまた町を作るのである。東京の魅力は、各地方の方言や郷土色を身にまとった者たちが集結し、ブレンドして生まれたのだと私は思う。「トキワ荘」は、いわばその良好な実験道場

で、建物がなくなった後も我々を魅了する。

トキワ荘の一室で、机を並べて三日三晩、一睡もせず仕事に打ち込む才野と満賀。二晩徹夜し、ロクなものを食べていないのに、くたびれていないし眠くないのを二人で不思議がる。「きっとまんがをこうやって描いているのが栄養になっているんだ!」と才野。続いてこんなやりとりが。

「才野　おれたちはよかったねえ」(満賀)

「何が?」(才野)

「まんがっていうこんなに　熱中できるものを持てて……」(満賀)

「う、うん!」(才野)

私はこのシーンに来ると、いつも涙が出る。こんなに健気な二人を受け入れて、互いに高め合うコンビとして、世に送り出してくれた。思わずこう言いたくなるのだ。

東京よ、ありがとう!

友部正人

一九七一年・阿佐ヶ谷・一本道

若き日に、日本のフォークソングにかぶれた者なら誰もがそうしたろう。東京、中央本線「阿佐ヶ谷」駅。その吹き曝しのホームに立ち、声には出さねど、こう胸につぶやいたはずなのだ。

僕は今　阿佐ヶ谷の駅に立ち
電車を待っているところ

何もなかった事にしましょうと
今日も日が暮れました
あ、中央線よ空を飛んで
あの娘の胸に突き刺され

これは友部正人の代表曲「一本道」の一節。友部には誰もが知るようなヒット曲はないが、たいていのカラオケにもこの曲なら入っている。私もカラオケで何度か歌ったことがあるから確かだ。しかし、これを北海道、青森、あるいは四国や九州のカラオケで歌うのと、東京にいて歌うのとは意味が違ってくる。阿佐ヶ谷駅のホームに立った者だけが、真に「あ、中央線よ空を飛んで　あの娘の胸に突き刺され」の詩句が、「突き刺さ」ってくるのだ。

一つには、「阿佐ヶ谷」駅が高架駅であること。もう一つ、中央線（正式には中央本線だが、ここは通称の「中央線」とする）は、新宿を出発してしばらくカーブするものの、東中野にさしかかるあたりから、ずっと立川あたりまで、東西に真っ直ぐ線が貫かれていることだ。偶然ではなく、そういうふうに敷かれたのである。

つまり、「一本道」にある「空を飛んで」(高架駅)、「突き刺され」(真っ直ぐの線)という詩句の意味が、実際に阿佐ヶ谷駅のホームに立った時、初めて体感できる。私もそうだった。一九九〇年春に上京して、しばらく東京を古本屋中心に巡っていた頃、中央線「阿佐ヶ谷」駅のプラットホームに立ち、すぐさま友部の「一本道」が頭の中で鳴ったし、遠く西に夕陽が沈む方向を見つめた時、まさに歌が突き刺さってきた。

阿佐ヶ谷駅の開業は一九二二(大正十一)年で、一九六四(昭和三十九)年に複線のみ高架化、完全高架化工事が完了したのは一九六六年だった。地上駅にある頃では、いくらホームに立っても「空を飛んで」とはならなかったろう。晴れた日には阿佐ヶ谷駅のホームから遠く富士山が見える。

友部正人は一九七一年、二十一歳のとき上京し、この杉並区阿佐ヶ谷(地名は阿佐谷。以下「阿佐ヶ谷」に統一)に住む。その後、住居を転々とし、いまはニューヨークと横浜の二重生活を続けているが、プロデビューした際の原点は阿佐ヶ谷だった。新宿寄りの「高円寺」には、吉田拓郎「高円寺」という曲がある。同様に中央線沿線には、「荻窪」にかぐや姫の「荻窪二丁目」、「吉祥寺」に斉藤哲夫「吉祥寺」というそ

れぞれ知られた曲がある。いずれも一九七〇年代前半に作られた。

それだけではない。吉祥寺にはシバ（三橋乙揶）が住んでいたし、高田渡や、それに井上陽水も一時期いた。日本のフォークソングは中央線に乗って、形づくられてきた、と言ってもいいだろう。

そのことはのちにもう少しくわしく書くとして、まずは一九七一年に、友部正人が阿佐ヶ谷へやってくるところまでを追う。

ギターを持ってるかぎり旅の途上

友部正人は名古屋で歌を歌い始めた、という印象が強かったから、なんとなく名古屋出身かと思っていたら、出身は東京であった。どうも吉祥寺らしい。ただし、小学校入学時には札幌へ移転し、以後各地を転々とする。父親は青森出身で建築関係の仕事をしていたという。

友部の曲「はじめぼくはひとりだった」のなかに、「はじめぼくはひとりだった／親父とおふくろと三人で長い船の旅をした／真っ黒い煙があとからあとから／空に届いては消えていった」とある。あるいはそのあと「その夜ぼくは炭鉱町で真っ黒いお風呂に入れられた」という歌詞も、幼少期に家族で汽車に揺られて各地を転々とした記憶が歌われたものと想像できる。

「ちっちゃいときにすごい長い距離を電車に乗ったり船に乗ったりして移動した記憶っていうのはもう、土台になってますから、自分のなかで」と語るのは「現代詩手帖」(二〇〇三年四月号)の「特集　友部正人の世界」での詩人・田口犬男によるロングインタビュー「どこにも属さない」。そこで自分が「転校生」であったこと、「汽車に乗ってる時間の感じと、ギターを弾いてるのって似てるんですよね」、「ギターを持ってるかぎり旅の途上」と発言しているのが興味深い。

友部正人は定住しない。基本的に「旅」の人であるが、幼少期に、いつも汽車に乗って移動した体験とイメージが、自身のことばを借りれば「土台」になっている。アメリカで、ウディ・ガスリーなど汽車に揺られて各地を転々と職を求めて放浪する者たちを「ホーボー」と呼んだが、友部にはこの「ホーボー」の気質、精神が最初から根付いている。

「ぼくは東京で乗客気分で暮らしてる。家賃は高いけど、新幹線の指定席のようなものだと思っている」と書いた文章など、まさしく「ホーボー」気質を表している（「銚子電鉄」）。この文章が収録されたエッセイ集のタイトルは、『耳をすます旅人』（水声社）であった。

前掲「現代詩手帖」に「略年譜」が掲載されているが、先ほど触れた「各地を転々」とあるのは、生年の一九五〇年の項で、次はいきなり一九六六年まで飛んでしまっている。

「一九六六年　16歳　高校一年の時、ボブ・ディランの『ライク・ア・ローリング・ストーン』を聴いて自作の歌を歌い始め、卒業と同時に名古屋の街角で歌い出す」

その間のことがどうもよくわからないのだが、「ポロンポロン」（『友部正人詩集』）というエッセイにはこうある。

「高校までは、父の会社の社宅を転々として暮らしていました。ぼくが中学のときは名古屋郊外の社宅にいました。田んぼの中にぽつんと建っていたその社宅は、うんと離れたバス停からでもよく見えました」

友部には詩集のほか『ちんちくりん』を始め、数冊のエッセイ集もあるのだが、幼少期のことはあまりくわしく語っていないようだ。「子供の頃のことを思い出したくないのは、喘息だったからかもしれません」と、「ポロンポロン」では告白している。

そうか、喘息だったのか。

友部の声は、すぐにそれとわかる、しわがれた独特のハスキーボイスで（ゆえに「日本のボブ・ディラン」とも呼ばれた）、どうしたらあんな声が出るのか、フシギに思ったことがあるが、喘息のせいかも知れない。発育期に、しょっちゅう咳をしていたために、健常児よりのどを酷使し、あんなしわがれた声になったのではあるまいか。

長男の小野一穂が、いま父親と同じく、ギターを抱えて自作の歌でステージに立つ。私は生声で聴いているが、声は父親に似ず非常にきれいである。

十五歳でギターを弾き始め、中学校の頃はビートルズを聴いていたようだが、やがてボブ・ディランの音楽と出会う。

「初期のボブ・ディランの歌のスタイルで、いちばんぼくの興味をひいたのが、トーキング・ブルースだった。これはギターを弾きながらただ語っていくのだ。（中略）結局このトーキング・ブルースがぼくの歌の基本になっていく」（「オープニング・ナンバー――景色は歌の友だちだから」『友部正人詩集』）。

そして友部もギターを抱えて、自分のことばで、自分の歌を歌い始めた。

大阪へやって来た

学校以外に人前で歌うようになったのは、名古屋の路上だった。初期の友部のよき理解者だった片桐ユズルによれば、一九六七年に創刊したフォークに関するミニコミ新聞「かわら版」への友部の初登場は一九七〇年四月号「案内らん」。そこに「不毛の税──名古屋栄解放戦線の友部正人歌集。¥一〇〇（〒とも）」とあった。友部は名古屋の中心地・栄《さかえ》の路上で音楽活動をし、ガリ版刷りの歌集（短歌ではない）を作って、歌いながら売っていた。時代は六〇年代末。全共闘運動華やかなりし頃で、友部も人からもらった火炎瓶を、交差点で投げて警官に捕まっている。未成年であったため、鑑別所に一カ月、収容されたという。

田口犬男によるインタビューでは、「時代の雰囲気としては、誰もが一度は経験したほうがいいんじゃないかってそういう雰囲気ではあったけどね」と語っている。かと言って、政治運動と直接結びつくこともなく、六九年の新宿駅西口フォークゲリラのようなパフォーマンスも、名古屋では無縁であった（大阪では東京より早く、同様のパフォーマンスがあったという証言もある）。

名古屋の路上で、ボブ・ディランに憧れ、自作の歌を歌っていた青年の次の一歩は、東京へ向かず大阪へ向いた。友部の最初のアルバムタイトルのごとく『大阪へやって来た』のだった。一九七〇年のこと。直接には片桐ユズルの誘いがあったからのようだが、じつは六〇年末から七〇年代初頭にかけて、日本のフォークソングの磁場は大阪（関西）にあった。

「自分でべつにどこ行こうと思ったわけじゃないから、風に乗ってるっていうか、人任せみたいな感じかな（笑）」（前掲「現代詩手帖」）と友部は言うが、一九七〇年時点でその「風」は、関西へ吹いていた。詳述すると長くなるから、要点だけ拾うと、「フォークはおれたちのものだ」をスローガンに掲げた「第一回フォーク・キャンプ」という野外ライブが京都で開かれたのが一九六七年七月。主催は高石友也（のち、ともや）の事務所（社長はのち「URC」レコードを設立する秦政明）。岡林信康も中川五郎も高石音楽事務所にいた。この「フォーク・キャンプ」第一回にアマチュアで出演したのがザ・フォーク・クルセダーズで、自主制作のレコード『ハレンチ』一枚を残し解散。その中の一曲「帰って来たヨッパライ」が深夜放送から火がつき、同年暮れにシングルカットされ大ヒットしたのはご承知の通り。フォークルも高石事務所だ。「第三回フォーク・キャンプ」では、高田渡が「自衛隊に入ろう」を歌い話題となる。高田渡『バーボン・ストリート・ブルース』によれば、「この野外コンサートの開催に当たり、『よし、東京からも冷やかしに行こう』という話になり、僕は遠藤賢司、六文銭、南正人らとともに京都へ駆けつけ、半ば飛び入りのような形でステージに立った」という。このとき、高田はまだ高校生。のち、高校を中退し京都へ拠点を移したのも、フォークの磁場が関西にあったからだ。東京は、「バラが咲いた」のマイク眞木に代表される、清潔な良家の子女によるキャンパス・フォークが中心だった。反骨の高田渡とは肌が合わない。京都（山科）在住時代の高田渡に会うため、東京からヒッチハイクで放浪中のシバが、わざわざ京都まで出かけている。一種の関西留学が、七〇年代に流行っていたことがわかる。

粉もん（お好み焼き・たこ焼き）、阪神タイガース、お笑い以外で、これほど大阪（関西）に文化的磁力を生み出した例は非常に珍しい。七〇年に私は大阪の中学生であったが、関西にそんな風が吹いているとは気づかなかった。

友部と高田渡の出会いで言えば、前述のガリ版刷り手製歌集を、高田渡は大阪で友部自身から受け取っている（前掲「現代詩手帖」）。最初読んだとき「下手だなーっ」と思ったという。読んでも成立する友部の独自の詩はまだ生まれていなかったか。とにかく、名古屋の友部と東京の高田が大阪で初めて出会うというのがおもしろい。

ほら、長くなりそうだ。いけない、友部の話を。一九六九年、大阪・難波に「ディラン」という喫茶店が生まれた。店主は大塚まさじ。そこに西岡恭蔵、永井ようが集って「ザ・ディラン」というバンドが生まれた。みんなまだ、二十歳そこそこの若者だった。最初はごく普通の喫茶店「ディラン」は次第にフォーク喫茶の様相を呈し、友部もここに出入りする。せいぜい四、五坪という小さな喫茶店に集まったミュージシャンが中心になって作られた野外ライブが一九七一年五月の「春一番」。これまた大阪の天王寺公園・野外音楽堂がステージだった。

友部正人も第一回からこのライブに出演している。馬飼野《まかいの》元宏《もとひろ》監修『日本のフォーク完全読本』の「ザ・ディランⅡ」の項に、一九七〇年、「春一番」の前身となる「BE IN LOVE ROCK」というライブが開かれていたことがわかる。じつは、これはアングラ演劇集団「黒テント」と組んだイベントであった。「劇団黒テント」は、六〇年代末から七〇年代のアングラ演劇ブームのなかで、唐十郎「状況劇場」や寺山修司「天井桟敷」とともに人気を集めていた。黒いテントで旅公演を行うのが特徴で、「黒テント」と名乗った。このとき「翼を燃やす天使たちの舞踏」という初めての芝居を引っさげて、東京から大阪へ来ていた。

もう少しくわしく書いておけば、「劇団黒テント」は集合離散を重ねて正式名称として定着したアングラ劇団で、佐藤信、津野海太郎、田川律《たがわただす》、山元清多などが中心メンバーにいた。一九七一年に中津川フォーク・ジャンボリーに、トラック二台をしつらえスタッフとして参加し、コンサートが終わった後も、西へ移動しつつ、各所で黒テントを張ってコンサートを開いた。佐藤信の発案だったようだ。「少年少女漂流記」と名付けられた、この移動公演に友部ほかディランII、三上寛なども、中津川の流れで参加していた。ロード・ムーヴィのようなイベントだった。

伊勢の海岸のキャンプ場、合歓の郷、和歌山では紀の川の河川敷が、インスタントのコンサート会場となった。宣伝も行き届かず、客は少なかったようだが、岡林信康が歌う夜もあったという。どこかに音源が残されていないだろうか。この漂流旅の終着点が、すなわち大阪の「ディラン」だった。

友部は、「黒テント」の公演で歌うようになった。名古屋でもアングラ劇団の芝居の合間に歌ったというから、演劇とフォークはジャンルとしてこの時期リンクしていた。ほかに、岡林信康やはっぴいえんども出ていたという。「黒テント」公演では、歌うだけではなく、裏方を手伝ったりしたようだ。そして、彼らの旅公演にくっついて、トラックに乗ってそのまま東京へ出てしまう。まさに「風に乗ってるっていうか、人任せみたいな感じかな（笑）」と述べるがごとく、「風に吹かれて」の上京であった。そこに「上京」にまとわりつく、上昇志向も、東京への憧れも、地方への反発もない。透明な「上京」と呼べるだろう。恋い焦がれるように東京をめざした上京者たちの群れにあって、これほど浮力の軽い上京は、きわめて珍しい例だった。

もともと友部に大阪への思い入れもなかったのだ。「心斎橋はこの世の人だまり」「スポーツ新聞はいつも阪神のことばかりかきたてている／おおげさな競馬の報道は貧乏人をくいものにするし／うたいたかったけどそんな場所もなくて」と「大阪へやって来た」で歌われている。大阪を去るのは、時間の問題だった。

高円寺「ムーヴィン」

友部が上京した一九七一年は、関西フォーク留学をしていた高田渡も、京都から東京へ戻ってくる。六九年九月六日に「フォークの神様」岡林信康が、コンサートを前に突如失踪する事件があった。同年十二月には、もう一方の雄、高石友也が演奏活動に見切りをつけ、渡米。関西でのフォークの火種は消えていた。

七〇年は万博の年であり、はっぴいえんどがデビューし、中津川では第二回フォーク・ジャンボリーが開催された。三島由紀夫の割腹自殺もあったし、派手な年であった。というより、六〇年代末から七〇年代初頭の五年ぐらいは、幕末から明治維新、あるいは敗色濃厚な太平洋戦争末期から終戦の時期と同じく、平凡な年の四、五年分が一年に凝縮していると思われるほど、各年が沸騰し煮詰まっていた。

一九七一年に友部が上京するのに選んだ場所が「阿佐ヶ谷」だったのは、大した意味がなかったらしい。ただ、隣り駅の「高円寺」には、ロック喫茶「ムーヴィン」があった。中央線のフォーク伝説は、まずはこのわずか八坪の「ムーヴィン」から始ま

った。六九年に輸入盤のロックをかける店としてオープンしたが、ここにミュージシャンの卵が集うようになり、自然発生的にここで自作の歌が歌われ始めた。いわゆるライブハウスの先駆けとなった。

店長の和田博巳は、のちに「はちみつぱい」のメンバーとなる、自身がミュージシャンだった。「ムーヴィン」については、一九九六年に杉並区立郷土博物館で開催された「高円寺フォーク伝説」の図録（とてもよく出来ている）にくわしい。一九七一年の春に、友部もこの店で歌っている。同じ図録で田川律が「高円寺のロックは幻か」と、この「ムーヴィン」について書いている。田川は大阪で労音の仕事をしていて、関西のフォーク・シンガーたちと親交があった。田川も一九六八年に上京。短い期間だったが住んだのは高円寺の四畳半一間の下宿だった。

この田川が、リスナー室および仕事の事務所替わりに使っていたのが「ムーヴィン」だった。田川はここで多くのミュージシャンと知り合う。また、「黒テント」の活動にも関わっていたから、友部にとっても重要な人物だった。

こうして、高円寺「ムーヴィン」を核に、中央線沿線にロック喫茶やライブハウスが自然発生していく。のち友部が高田渡とともに本拠地として歌う吉祥寺「ぐゎらん堂」もその一つ。そう考えると友部が「阿佐ヶ谷」に住むのは、偶然のようで必然にも思えてくるのだ。家賃が安かったというのも理由に入るかもしれない。阿佐ヶ谷で長らくジャズ喫茶「吐夢」を経営している矢野正博は、「阿佐ヶ谷は交通の利便のよい町で、大学移転が始まる前は、格安な下宿やアパート、飲食店が乱立していたので、若者たちにとって、とても住み易いところだった」と証言している（「季刊ユジク」二〇〇二年創刊号）。

「町」より「人」なのか

ところが、「一本道」という阿佐ヶ谷を神話化する名曲を作りながら、友部は阿佐ヶ谷になんだかつれないのだ。「それからぼくは東京へ出て来て、阿佐ヶ谷に住むようになったんだけれど、あまり面白いとは思わなかった。吉祥寺のシバ君や星君たちとも知り合いになり、毎日吉祥寺で馬鹿騒ぎをやった。いろんなところへ出かけて行き、いろんなことをやったけれども、やっぱり面白いとは思わなかった。吉祥寺も阿佐ヶ谷も新宿もつまらなかった」（『ちんちくりん』）とさんざんな言い方だ。「阿佐ヶ谷というのは石っころが少なくて、じめじめした黒い土と、雨にぬれ腐った枯葉の山」（『友部正人詩集』）とも書いている。

七〇年代初頭の阿佐ヶ谷は、駅前から少し離れると、まだまだ武蔵野の郊外的風景をあちこちに残していたようだ。糸魚川をとりあえずの中心として、東西を分けるとき、西から東へやってきた者が、衝撃を受けるのが「黒い土」である。関東ローム層の土は、赤土の粘土層の上に黒土が多いかぶさっている。畑の土なども黒い。これに対し、関西の土はおおむね赤っぽい茶で、それに慣れた目から見た関東の「黒い土」は異様な感じを受けるわけだ。

ただし友部は阿佐ヶ谷で谷川俊太郎や永島慎二と知り合う。阿佐ヶ谷にはかつて「阿佐ヶ谷文士会」という緩やかな集まりがあった。ただ酒を飲んで、将棋を指していただけなのだが、井伏鱒二を中心に太宰治、上林暁、木山捷平、青柳瑞穂、河盛好蔵などが友情を育んだ。井伏鱒二は『荻窪風土記』でこう書く。

「荻窪方面など昼間にドテラを着て歩いていても、近所の者が後指を差すようなことはないと言う者がいた。貧乏な文学青年を標榜する者には好都合のところである」

これは高円寺から三鷹あたりまで、あてはまる共通点であった。「貧乏な文学青年」の「文学」の部分に、やがて「漫画」、「演劇」や「音楽（フォーク）」が加わり、一種独特な中央線文化を形成していく。人に遺伝子があるように、町にも引き継がれる遺伝子があるようだ。

青年漫画の教祖的存在だった漫画家の永島慎二も、阿佐ヶ谷の名を全国に広めた功績者の一人。『フーテン』『若者たち』などの作品に、阿佐ヶ谷の風景や人々を描き込んでいる。住居は阿佐谷北二丁目十二番十五号。現在、マンションに建て替わっているが、ラピュタ阿佐ヶ谷の裏手にあった。私は取材のため、この永島邸を訪れている。私が上京する理由の何分の一かは、永島慎二描く『フーテン』の一ページを使った新宿の夜明けのシーンにあった。

「漫画アクション」に一九六八年から連載が始まった「若者たち」は、貧乏漫画家・村岡栄（永島のアシスタントだった村岡栄一がモデル）が、阿佐ヶ谷の町で行き場のない二人の若者を拾うところから始まる。村岡は三畳一間に台所つきの小さな部屋に、彼らを居候させる。ここで、すでにいた居候を含め五人の共同生活が始まる。そのなかに、画家の卵である三橋がいた。当時永島のアシスタントをしていた三橋誠（三橋乙揶）で、つまりフォーク歌手のシバだ。

友部のアパートにも鍵はかかっていなかったそうで、始終友人や、ときに見知らぬ人もたむろしていたという。上京者にとって、下宿は守るべき「城」というより、「通路」のようなものかもしれない。誰もがやがてそこを通り過ぎていく。「若者たち」に実物の友部正人は登場しないが、まちがいなく、その青春群像のなかにいた。そう考えていくと、友部にとって重要だったのは、阿佐ヶ谷という町より、そこに住む「人」であったようだ。歌のなかに、町としての阿佐ヶ谷はあまり歌い込まれていないのだ。

今夜、阿佐ヶ谷の女の子には胸がない
細い腕を何度も地面におっことしてしまう
おれは喫茶店で熱い紅茶を飲みながら
そんなやさしい音楽に耳をすましてる
（「おっとせいは中央線に乗って」）

この「胸がない」女の子かどうかはわからぬが、一緒に住んでいた女の子と別れて、友部はこの町を出ていく。次に住む町が吉祥寺。フォークのライブをやっていた「ぐゎらん堂」で、新たな歴史が刻まれていくのだ。

永島慎二から「友部はいつも、風の吹く方を見て話をしてるね」と言われた。これは「阿佐ヶ谷を出ていこう」という文章（『ちんちくりん』）にある言葉。定住しない友部を、みごとに言い当てている。そこで友部は「相変らず阿佐ヶ谷はジメジメしていて鼻の先がぬれているんだ。電線なんかがいっぱい集まって、ガードの下のところで何かやっている。たたき売りの屋台の上には電柱の碍子が白くひかっていて、その上にはうっすらと、阿佐ヶ谷独特の空がある」と書いた。今もある駅前の「西友」の屋上へ昇ろうと移動し始めた友部は、こう決意するのだ。

「阿佐ヶ谷は出て行くしかない町でした」

石田波郷
砂町・清瀬　見るべきものを見る俳人

文芸評論家の山本健吉は、かつて角川文庫版『石田波郷句集』の解説にこう書いた。

「石田波郷という一俳人がいなかったら、私は現代俳句についてさほど興趣をそそられることなく終ったかも知れぬ」

つまり、石田波郷あっての現代俳句、現代俳句の象徴的存在だというのだ。

石田波郷、その冴え冴えとした響きを持つ俳人は本名・哲大《てつお》。大正二（一九一三）年愛媛県温泉郡垣生《はぶ》村大字西垣生（現・松山市）の農家に生まれた。地図で言えば、松山空港の南に位置し、西へ進めば瀬戸内の港へ出る。

さて、松山である。正岡子規の生地であり、その後高浜虚子、河東碧梧桐など陸続と著名な俳人を世に送る俳句の町（俳都）。現在、松山市内には俳句を投稿する俳句ポストが数多く設けられているという。松山駅前にある子規の句碑「春や昔十五万石の城下哉」を始め、二百基以上とも言われる句碑が町々に点在するのも、じつに俳都・松山らしい。

そんな空気の中で石田少年は育ち、感化され、松山中学四年（十五歳）から句作を始めた。その感化された相手が、級友の中富正三、のちの俳優・大友柳太朗であった、というのがなんとも楽しい。石田波郷も無口で通っていたが、のち「むっつり右門」を当たり役とする時代劇スターと、若き日、ともに競って俳句を作り合っていたのだ。

中学上級になって、ますます俳句熱にかられた彼は、謄写版の俳句雑誌を作るまでになる。中学卒業後、進学はせず農業に従事。ここまでは地方の普通の少年だ。水原秋桜子門下の五十崎《いかざき》古郷に師事するあたりから「俳句小僧」に弾みがつく。俳号「波郷」は古郷が与えた。「古郷」は「故郷」とも読める。波郷は出身地を言うとき、「故郷」と書かず「古郷」と書いた。師「古郷」は「故郷」そのものであった。

当時、俳壇における大権威は「ホトトギス」。波郷も大正、昭和の「ホトトギス」を読破しこれに学んだ。しかし師の古郷とともに、傘下にあった水原秋桜子が主導する「馬酔木《あしび》」に投句するようになる。一九三一年、水原秋桜子は「ホトトギス」を脱退していた。大樹「ホトトギス」の看板である「客観写生」に飽き足らず、その影となる新しい道を模索し始めたのだ。これが「新興俳句」の口火となった。

若い波郷はこれに動かされた。一九三二年「馬酔木」二月号の巻頭に五句が掲載される。「秬焚《きびたき》や青き螽《いなご》を火に見たり」はその中の一句。これは大事件であった。師の古郷もいまだなし得ぬことで「弟子に先にやられた」と笑ったという。多分にその気になっていた「上京」をいよいよ実行に移す。なにしろ東京には、その斬新さで句界を驚かせた「啄木鳥や落葉をいそぐ牧の木々」の水原秋桜子がいた。俳句は若い情熱を懸けるに価する、新鮮で魅力的な文芸形式となっていた。

上京は「坊っちゃん」の逆コース

昭和七（一九三二）年二月二十日、古郷による秋桜子への推薦状を携え、木綿絣《もめんがすり》の着物、セルの袴にマントの出で立ちで、波郷は松山を旅立った。まだ十代。当座の生活費として五十円の路銀を懐にしていた（昭和初年の銀行員の初任給が約七十円）。

じつは、古郷から波郷上京を知らせる手紙を秋桜子はすでに受け取っていた。秋桜子は、「上京を延期せよ」の返事を送っていたが、行き違いになって、若き波郷は旅の空だった。小津安二郎監督『大学は出たけれど』は昭和四年に公開。当時、大卒者の就職率がわずか三割、という大不況にあった。旧制中学卒業の地方出身者に、とても食べていける口はなかったのである。秋桜子はそのことを案じたのだと思われる。

今なら、飛行機を使って約二時間で東京へ降り立つことができる。昭和七年はそうはいかない。本州へは船で渡るしかないのだ。予讃線で高松まで行き、高松の港から連絡船で宇野へ渡る。年譜の上に、それまで波郷が旅行した形跡はなく、これが初旅ではなかったか。宇野からは岡山経由で山陽本線に乗り換え、おそらく夜行で翌日夕、東京駅へ着いた。丸々一日費やしての旅だった。

このコースを逆に、東京から松山へ来た若者がいた。夏目漱石『坊っちゃん』の主人公である。坊っちゃんの場合は、広島から船で三津浜港へ、伊予鉄道高浜線で三津駅から松山に着いた、と想像される。明治三十八（一九〇五）年秋のことだった。その二十七年後に波郷は、坊っちゃんが怒って袖にした松山をバトンを受け継ぐように捨てて東京へ赴くのである。

昭和七年二月二十一日夕、すでに薄暗き東京駅に無事第一歩を踏み出した波郷は、その足で円タクに乗り、秋桜子邸を訪れる。「上京を延期せよ」と返信した秋桜子は、いきなりの上京にさぞ面喰らっただろうが、以後、この愛弟子を徹底して手篤く庇護するのである。俳友の牛山一庭人の下宿にとりあえず身を寄せ、東京での新生活が始まった。同五月に、東京市経営の「深川一泊所」（深川浜園町）に勤務。ここはいわゆる無職の浮浪者を収容する施設だった。夜は内神田にあった「馬酔木」発行所へ通うという日々が、一泊所を辞めるまでの五カ月間続いた。

同八月、新銀町《しんしろがねちょう》（現・神田司町）山田鳴子方に下宿。ようやく東京に腰を落ち着けることができた。昭和初年の東京は、震災から徐々に復興を果たし、交通網が張り巡らされ、享楽的な気分がモダン都市を覆う。しかし一方で、先述のごとく大正期に米騒動、経済恐慌、関東大震災などが起きて、昭和初期にも金融恐慌、世界恐慌と経済不況が吹き荒れる。街に失業者があふれ出していた。住居のない細民や浮浪者を救済する宿泊所を市が市内に次々と造ったという。浅草、深川、芝、足立に「一泊所」

と呼ばれる救済施設が点在していた。

地方出身者が見たモダン東京

このうち「深川一泊所」に職員として勤めたのが石田波郷であった。蚕棚のような寝台に押し込まれ、劣悪な住環境だったが、棲みつく人も多く、なかには家族もいた。おっとりとした城下町・松山にいた頃には知るべくもない、社会の底辺における真っ暗な貧困群像劇だった。「深川一泊所」の建つ旧・浜園町は現在の塩浜二丁目。ここいら一帯はすべて埋め立てでできた新東京であった。約三十年後に、この塩浜にあった同様の施設に暮らす男世帯の一家があった。のちのフォーク歌手高田渡が父、兄と、ここに一時期住んでいたのだ。

しかし、若き波郷はそんな底辺にあっても見るべきものを見る。「馬酔木」という新興俳句の拠点を得て、「老人趣味」「隠居道楽」と思われてきた古き器「俳句」を新しい器に変えるべく、張り切っていただろうと思う。代表句「バスを待ち大路の春をうたがはず」は句集『鶴の眼』（昭和十四年）所収の句だが、昭和八年頃に作られた。

モダン都市の交差点にすっくと立ち、街路の並木を眺めながら胸に息を吸い込み、明るい青春の前途を見つめる若者の姿がここにある。

「上京後の波郷の俳句は、東京という近代都市の風物に触発された、清新潑剌たる抒情を一気に展開していく」と、三橋敏雄は評する（『現代俳句の世界7　石田波郷集』朝日文庫解説）。

「ウインドを並び展《あ》けゐて夏めきぬ」「ティータイム茶をのみに行く雷の下」「ビヤホール女に氷菓たゞ一盞」「スケート場芝区の街路海に出づ」「ジャズ寒しそれをきゝ麺麭を焼かせをり」

昭和六年から十四年の作品を集めた句集『鶴の眼』には、このようなカタカナ表記による外来語が目につくようになる。いずれも都市生活の断片を、ただ物珍しく面白く、眩しく見る地方出身者の目が感じられ微笑ましい。俳句という骨董のような器は、これら新酒を注いでも持ちこたえるだけの構造を備えていた。石田波郷の句も、上京して以来、どこか華やいでいる。

上京してからの波郷が、いかにして食べていたかはよくわからない。ただ、昭和九年、なんと二十一歳で明治大学文芸科に入学している。これも秋桜子の援助によるものだった。村山古郷『石田波郷伝』によれば、秋桜子から入学時に「卒業までの全額が与えられた。しかし波郷は大切なそのお金を学資以外に使い果たした」というのだ。そのほとんどは、友人と旅をしたり、スキーをしたりの遊興費で消えた。「スキー列車月食の野を曲るなく」はこの頃の句だが、いい気なものだと言うしかない。昭和十年は、十一月に初の句集『石田波郷句集』（沙羅書店）が刊行された記念すべき年であったが、翌年三月に明大文芸科を中退してしまう。なんという軽い若者であろうか。

かえって心は火と熾えた

明大を中退した昭和十一年三月、波郷は二十三歳になっていたが、以後「四年間にわたる、波郷自ら『放縦なる市井彷徨』と呼んだ時期が始まった」（『石田波郷読本』年譜、角川学芸出版）。無口で素直な青年だった波郷が、新宿や京橋、神田の喫茶店やバーに夜な夜な出没し、荒廃した日々を送るようになる。そこには「一個の愛慾事件」（句集『鶴の眼』後記）も介在していた。

しかし、私はここには踏み込まない。このあとの波郷の転居歴は以下の通り。

昭和十二年　沙羅書店・石塚友二の家に半年間寄寓。

昭和十三年　目黒区駒場町「駒場会館アパート」へ転居。のちの十七年より、ここであき子と結婚生活を送る。

昭和十八年　北浦和に住む岳父の家作へ移転。

昭和二十年　戦地から復員し、一時妻子とともに埼玉へ疎開する。

昭和二十一年　上京し、葛西の義兄宅へ身を寄せる。

同三月、江東区北砂町に転居。「第二の故郷」となる。

昭和三十三年三月、練馬区谷原町に一戸建ての家を構える。ここが終の住処となった。

東へ西へ、大きく移動している。北浦和を頂点にすれば三角形を描く移動、と言ってもいい。じつは、こういう上京者は珍しいのだ。西なら西、東なら東と、転居するにせよ東西の各エリア内でするケースが多い。波郷の場合、ここに中国大陸への出征と、清瀬の結核療養所での度重なる長期間の入院が加わる。時代と病気が松山出身の寡黙な男を翻弄する。上京し、俳人として評価を得て、その名は広く知られるようにはなったが、東京は決して波郷に優しくはなかった。

太平洋戦争は激化し、三十歳になった波郷のもとへ、昭和十八年九月、ついに召集令状が届いた。月末には千葉佐倉連隊に入隊、十月、華北に渡る。

「雁や残るものみな美しき」は、「留別」と題したこの頃の句。その前書きに「雁のきのふの夕とわかちなし、夕映が昨日の如く美しかった。何もかも急に美しく眺められた。それらことごとくを残してゆかねばならぬのであった」と記した。おそらく「死」を意識したことだろう。東京最後の「夕映」を〝末期の目〟で見たのである。

戦地で波郷は「軍鳩取扱兵」となる。伝書鳩は重要な通信手段として、戦地で大いに活躍したのである。しかし、昭和十九年の三月、左湿性胸膜炎を病んで陸軍病院へ入院する。以後、小康状態を得たこともあったが、すぐに再発、大陸の各地の病院を転々とする。「秋風や夢の如くに棗の実」という句を詠んでいる。あるいは「合歓の月こぼれて胸の冷えにけり」。いずれも病室からの属目かと思われる。まるで「結核」になるために出征したようなものだった。戦闘に加わることはなかったが、病んだ自分の胸との激しい闘いがあった。そして終生、波郷の胸を去らぬ病となるのだ。

結核は当時〝死の病〟で、特効薬もなく、胸部手術をするか、あとは安静にしているしかなかった。「秋の夜の憤ろしき何々ぞ」の句には「誰も知らぬ所で犬のように死ぬ予感に、かえって心は火と熾えた」と注した。この強さはどうだろう。病と孤独を得て、波郷の強靭さが露わになったように思える。

砂のつく名の町に移り住む

戦後、焦土となった東京。とくに戦災の被害が大きかった下町エリアの一角である江東区「砂町」へ住むことになったのは、ここに妻・あき子の実家があったからだ。あき子の母と妹たちは、昭和二十年、三月十日の東京大空襲で命を奪われていた。波郷は「百万の焼けて年逝く小名木川」ほか、焼け跡になった東京を何度も句にしている。

「私が砂町に住むようになったのは昭和二十一年三月、まだ蕭条たる焼野原をバラックが転々と散らばり、あちらこちらの草の中から蛇口のこわれた水道が水を噴いていた。地下室の焼跡には水が溜って、蛙がかいかいと鳴いていた」と随筆「砂町ずまい」に書いている。境川交差点西に今もある「志演《しのぶ》神社」の焼け跡の荒れた境内の一部を借りて、家を建てたのである。すぐ隣りが妙久寺。こちらも本堂は焼け、墓場が取り残されたままであった。すぐ北側は広大な敷地に「小名木川貨物駅」車庫が広がっていた。

私は二度、石田波郷調査のため砂町を探訪している。波郷が住んだ昭和二十年代、まだ都電が健在で、境川電停には二十九系統（葛西橋～須田町）、三十八系統（錦糸堀車庫前～日本橋）などの「足」があった。

現在はJR秋葉原駅前から「葛西駅前」行きバスが「境川」までつなぐ。まずは交差点からすぐの志演神社へ。小さな神社だ。細い路地を挟んで西へ、いまはK商事東京事務所として使われている住居の前に「石田波郷宅跡」の表示板が見えた。そのすぐ西隣りに妙久寺がある。長いアプローチから門をくぐる。すぐ脇の植え込みに「繁《は》縷《こべら》や焦土の色の雀ども」と書かれた波郷の小さな句碑が建っていた。

神社と寺にはさまれて、戦後の波郷の暮らしは始まった。しかし、一旦癒えたかと思った肺の病が昭和二十三年、再び襲い、翌年五月に清瀬村にある結核療養所へ入院。長く激しい、過酷で止むことのない病魔との闘いが始まる。最初の入院は二年に及び、その死まで七度も入退院を繰り返す。村山古郷の計算によれば、最初の入院からその死までの約二十年のうち、通算六年間も病院のベッドで、白いシーツの闇にくるまれて過ごした。

文学的空気あふれる結核療養所

清瀬の「東京病院」は、昭和六年に東京府立清瀬病院が開設され、三十七年に国立東京療養所と合併して設立された。前身の二施設とも結核患者の療養のために作られた病院だった。西武線南側に、手つかずの雑木林の野があり、空気が清浄で静寂が保たれていることから、清瀬病院や東京療養所以外にも、結核の長期入院患者を収容する病院が多数作られた。昭和二十九年までに十五もの結核療養所があり、多い時には五千人もの患者がいた。

国立東京療養所で波郷が入室したのは、東療南七寮六番室。「病棟の一番外れで深い林に面し部屋も緑に染まるばかりだった。同室六人、廊下に面した窓際のベッドを与えられた」と「母来り給う」に書く。隣りに立木青葉郎、その隣りに野澤節子と号する俳人がいた。俳人率五割。「俳人」とは「肺人」のことだろうか。

伊三夫

また壁を接する隣りの部屋「五番室」に、昭和二十四年二月、田村幸雄という青年が入所し、波郷の指導のもと、俳句を始める。田村青年はまた、同じ療養所で手術を受けた作家の福永武彦の影響下で小説を書き、結城昌治の名でデビューする。一方、清瀬病院では吉行淳之介が、昭和二十九年に「驟雨」で芥川賞受賞の知らせを聞き、同時期、詩人の飯島耕一が右上葉の肺切除手術を受けている。清瀬はずいぶん文学的血統の濃い場所であった。

「東京」と名がつくものの、清瀬村(のち市となる)を取り囲む雑木林の風景は、田舎の田園風景そのものだったろう。波郷は同室の患者らと「附近の林をさまよったり、癩園の籬の外を歩いたり、野火止《のびどめ》川の岸を下ったりした」(『肺の中のピンポン球　わが闘病恢復記』)。「癩園」とは、今も同地、東村山市青葉町にあるハンセン病者の収容施設「多磨全生園」のこと。私も周辺を何度か散策したが、全生園には高い塀もフェンスもなく、出入り自由。あの宮崎駿も散歩コースとして園内を歩くという。

「療養所の外れの麦が寸を伸ばし、野火止への林が芽ぶき霞み、古草の底から草が萌え出し、もう草木瓜が花をつけた。三月嵐が黄塵を吹きつける日が過ぎるに、菜の花が咲き雪柳がふぶき、やがて桜がひらいた」(同前)

砂町にはない豊かな自然が、いくつも句題をもたらした。病気さえなければ、ここはまさにユートピアであった。堀辰雄の『風立ちぬ』、立原道造の『萱草に寄す』などから、結核に何か甘いロマンチシズムを感じる人も多いだろうが、実際には、太陽の光と清浄な空気にかすかな望みをつなぎつつ、死を待つしかなかったのである。

小康を得て砂町に戻り、やがて再発。再入院、再手術と、波郷の後半生は夕陽がゆっくり沈むように終わりへ近づいていく。しかし俳句とは不思議な文芸形式で、そんな絶望の底から凝縮した表現の根みたいなものを掘り出していく。

「たばしるや鵙叫喚す胸形変」などの絶唱的名句が清瀬で生まれる。「胸形変《きょうぎょうへん》」とは、肋骨を切り取る手術で胸が変形することを指す。波郷はこれを何度か繰り返している。「夜半の雛肋剖きても吾死なじ」も同様の一句。「俳句」の文字が「肺苦」と読めてくる。句集『惜命』（昭和二十五年）は、全編に死を見つめて暮らした波郷の魂が宿っている。

「私は絶望はしない。然し手近に摑めそうな希望はもたなかった。希望がなくても生きてゆける、一日一日の生を噛みしめて味わうような生き方を求めた。それはものを深く視つめてそこに己れを徹らせることであった」（前掲『肺の中のピンポン球』）

こういう緊張した境涯を、健常者が得ることは難しい。死の谷に歩み行った者のみが、地に触れてつかみ得るひとくれの砂のごとき、苦いが確かな感触であった。

江東歳時記時代

昭和二十五年に東京療養所を退所した時、波郷は三十七歳。以後、五十歳で再入院するまで、砂町と練馬区谷原での静かな暮らしが続いた。各地を旅行したり、体力も徐々に回復。二十九年に刊行された『定本石田波郷全句集』（創元社）で翌年、読売文学賞を受賞するなど、波郷は円熟の期を迎えつつあった。

三十二年三月より一年、「読売新聞」江東版で「江東歳時記」の連載が始まる。「江東」すなわち隅田川の以東を、俳句＋写真＋随筆でルポするユニークな試みだった。その足どりは、北は草加町に接する足立区の舎人町、東は江戸川「矢切の渡し」、南は東京湾に荒川放水路が流れ込むあたりまで、あまねく向けられた。肋骨を切られ、ベッドで呻吟する姿を知る我らは、その潑剌たる精力に驚かされる。

いまや見ることのない風俗をいくつも拾っている点で『江東歳時記』は貴重な著作

二〇一五年
伊三夫

となった。私が「上京文学」の一人として石田波郷を選んだ動機はこの一冊にあった。「定斎屋の影を伴れ来ぬ橋の上」（本所柳原町で）の「定斎屋（ジョウサイヤまたはジョサイヤ）」とは、黒い箱に漢方薬を入れてかつぎ売り歩く者のこと。「お化け煙突隠れつ現《あ》れつヨットの帆」（千住西新井橋下で）は、昭和三十九年まで足立区にあった千住火力発電所の煙突を描く。実際は四本だが、見る方角により三本にも二本にも見えたため「お化け煙突」と通称された。

これらは現在、講談社文芸文庫に『江東歳時記／清瀬村（抄）』として収録されているが、惜しいことに写真は割愛。連載終了後にまとまった『江東歳時記』（東京美術）は、函入りの瀟洒な装幀で、モノクロながら写真が揃っている。この仕事が機縁で、現在、砂町銀座商店街近くの砂町文化センター内に、「石田波郷記念館」が設置されていて、私も何度か足を運んだ。小規模ながら過不足なく石田波郷の世界を顕彰する、気持ちのいい記念館だ。

ここに、『江東歳時記』より、写真と当該の波郷の句を拡大したパネルが展示されていて壮観である。ぎょっとするのは「猪《しし》吊れば夜風川風吹きさらし」と詠まれた句。写真では、両国橋のたもとに位置する「猪料理屋ももんじや」の店先に、猪の死体が数頭吊り下げられている。異様な光景にややたじろいでしまう。

連載の取材中に撮られたと思われる、荒川土手に立つ波郷の写真があるが、ピケ帽、丸めがね、袖をまくった白シャツに肩からカメラをぶら提げた姿は、背景に広がる空のごとく晴れ晴れとしている。カメラは波郷の大切な趣味であった。

長い人生の一部を切り取って、人生の一瞬を永遠にして描き出すことを「スライス・オブ・ライフ」と言う。手法こそ違え、写真と俳句はその点でよく似ていた。上京して二十五年、東京でようやく得た春のような日々であったが、病はいつしか進行し、波郷に残された人生はあと十年あまりしかなかった。

富岡多恵子

一九六〇年新宿　明日をも知れぬ二人

「十年前、あなたは二十五歳だった。あなたはネクタイのしめかたも知らずジンフィーズを飲んだことがなかった。キッスの仕方だけは、ばかにうまかったけど、盛り場をのら犬のようにさまよい、どぶねずみのような目つきで、いつもおびえていた。わたしに会った時のことを覚えているでしょう？　あなたは新宿のガード下でうずくまっていたわ」──（池田満寿夫「エーゲ海に捧ぐ」一九七六年発表）

一九六〇年、新宿。引用した文章で「わたし」──にあたる詩人の富岡多恵子が、故郷の大阪を出て、新宿駅に降り立った。ある男の住む部屋へ向かうためだ。ある男とは池田満寿夫。「どぶねずみのような目つき」をした、まだ無名の貧しい画家だった。そのくせ、二人が出会った時、池田は既婚者であった。

抜き差しならぬ男女の危険な道行きを、一九六〇年新宿というヘアピンカーブが待ち受けていた。このとき、「のら犬」のような男と「エーゲ海」は、あまりに遠い存在だった。

二人が住んだ部屋は、住所で言えば渋谷区本町三丁目二十七番地、勝俣方の二階建て一軒家。住所区分こそ「渋谷区」だが、現在、方南通り沿いにある都営大江戸線「西新宿五丁目駅」の北側に位置し、西新宿に渋谷の一部が岬のように突き出たエリアである。もちろん、一九六〇年当時、都営大江戸線はなく、一・五キロほど東へ歩いた「新宿駅」をよく利用したようだ。

その名も「十二社アパート」(と二人はそう呼んでいた)。「社」と書いて「そう」と読む。「十二社」という地名は今はなく、西新宿四丁目一帯を指すが、ここは江戸時代からの景勝の地であった。熊野神社を中心に、熊野の滝や十二社池を周辺に配し、郊外の行楽地として『江戸名所図絵』にも描かれるなど、親しまれたのだ。

明治中頃に、この地に淀橋浄水場が建設され、徐々に景勝地としての姿を消していく。浄水場は東村山に移転、跡地は新宿副都心として再開発され、東京都庁ビルを始め、高層ビルが建ち並ぶ。未来都市のような様相を呈するこの地に、かろうじて「十二社温泉」という天然温泉の浴場があったが、これも廃業となり「十二社」の名は消えた。

笹口幸男『東京の路地を歩く』(冬青社)を読むと、十二社が消えたのは副都心化されてまもない新宿の話のようだが、「タクシーに乗ると、いまだに十二社といってしまうが、このほうが通じやすい」と証言している。

富岡の小説集『斑猫《はんみょう》』所収の「十二社の瀧」に、当時の様子が記されている。

「東京へきて最初に住んだのは、新宿のすぐ近くで、そのあたりは十二社《そう》と呼ばれていた。そこには十二社温泉があるというのだった。新宿から甲州街道をバスに乗ると、バスは五分くらいで右へ曲った。(中略)この熊野神社の先を、バス通りから路地を何度も何度も曲って、狭い道を入った迷路のつきあたりのようなところにある倒れかけたシモタ屋の二階に部屋を借りていた」

「迷路のつきあたり」という地理的描写は、そのまま二十代半ばで、明日をも知れず暮らし始めた男女の心理をも表しているようだ。

窓から見えたガスタンク

某日、二人の棲家跡を訪ねて、本町三丁目周辺をうろついてみた。都営大江戸線「西新宿五丁目」は初めて降りる駅。方南通りはオフィス街で、昼時、食事を求めてうろつくサラリーマンの姿が目につく。A1出口から北側の路地を進むと、緩やかな上り坂を作り、本町三丁目の向こうは神田川を目がけて下り坂だ。このあたり、低い丘陵地なのだ。この高低差で、渋谷区が新宿区へ岬のように突き出している理由がわかった。

二軒家公園という小さな公園を左にして、路地を右折すると住宅街の中に、また細い路地の入口があり、その奥が「迷路のつきあたり」だ。富岡と池田が仮寓した「勝俣方」の「勝俣」姓を、せせこましく建ち並ぶ住宅の表札に探してみたがわからなかった。

『私の調書』(角川文庫)に、池田は「このガスタンクのみえる新宿十二社の床の落ちそうなアパートの五畳半」と書く。「ガスタンク」とは、淀橋浄水場脇に二基あった東京ガスの巨大な円形タンクのこと。現在新宿パークタワーが建っているあたりにあった。当時、新宿駅西側のどのエリアからも「ガスタンク」を拝むことができたはずだ。二人のアパートに風呂はなく、銭湯へ通ったと思われるが、昭和三十年代、大久保から西新宿へかけて、たくさんの銭湯が点在していた。平成に入ったぐらいから、あっというまに消滅していくのだが、本町三丁目の北端にいまも「羽衣湯」が営業を続けている。距離的に考えれば、ここを使った可能性が高い。二人の住居は袋小路にあるから、いったん山手通りにつながる路へ出て、中野区との境界となる道を北上したのではないか。この道は丘陵地の端で、眼下には神田川が見える。二人が暮らし始めたのは冬。やはり「赤い手拭いマフラーにして」銭湯に通ったのだろうか。

山手通りまで出れば、一九六〇年なら現在の青梅街道（当時本町通り）に、都電がまだ走っていた。現・丸ノ内線「中野坂上駅」あたりに「本町通二丁目」電停があった。二人の下宿からは約一キロ。本当はこちらが最寄り駅になるはずだが、気分は「新宿」だったから、これを使った形跡はない。二人が移動のため向かうのはつねに新宿駅だ。池田がアンデパンダン展に出品する二百号（長辺が二千五百九十ミリ）の大

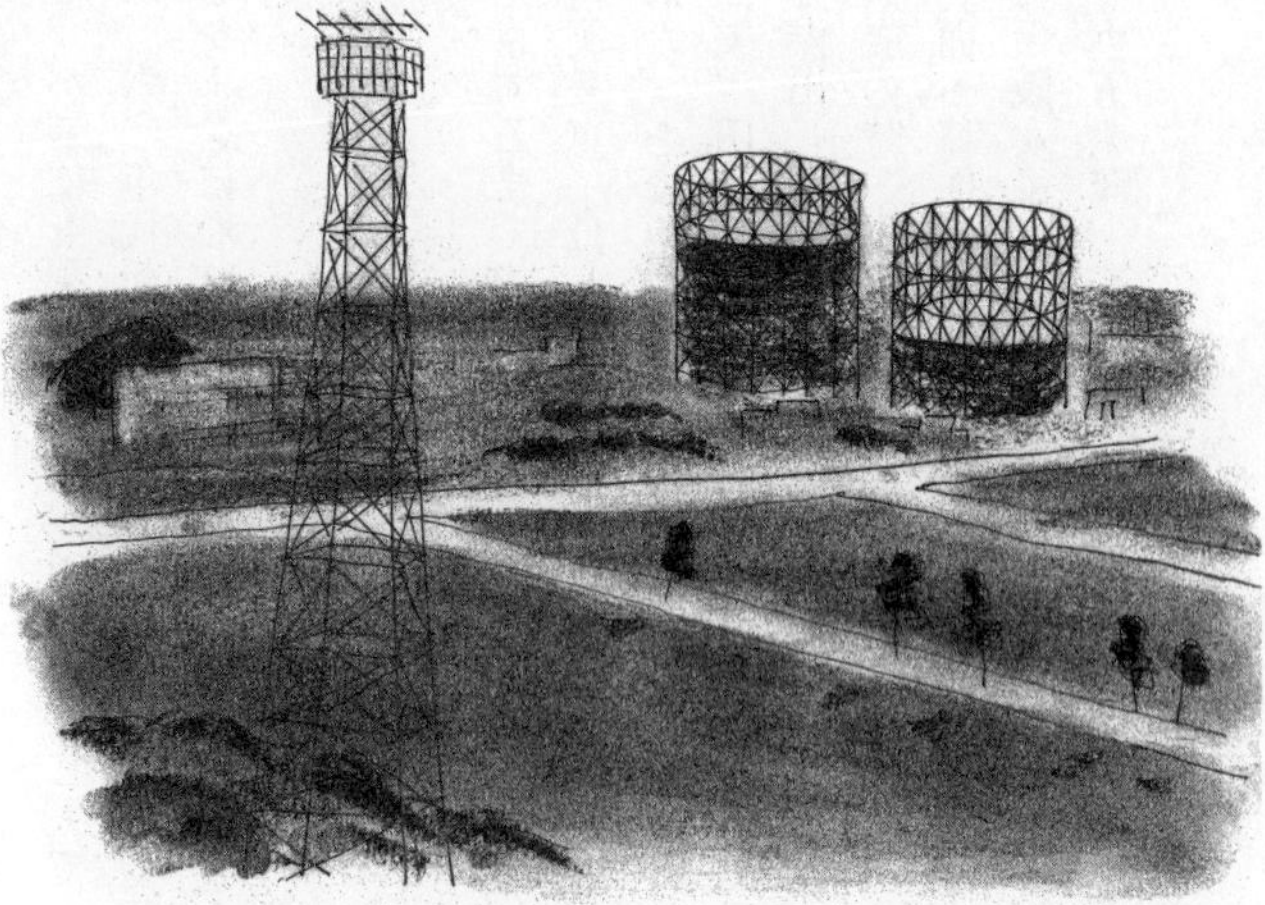

作を、バスにも乗せられず、雨の中を二人でかつぎながら新宿駅まで歩いたこともあった。六〇年代新宿の雨に濡れそぼる貧しく若い男女……映画化するとしたら、これは名シーンになりそうだ。

上京するまで

上京するまでの経歴を、年譜ふうにざっと追っておこう。

富岡多恵子は一九三五年七月二十八日、大阪市西淀川区（現・此花区）伝法町《でんぽうちょう》に生まれた。ちなみに同年生まれは、美輪明宏、大江健三郎、寺山修司、小澤征爾、赤塚不二夫、田宮二郎、倉本聰、久世光彦、蜷川幸雄、吉行和子、芦川いづみなど。各分野で傑出し、自己主張の強そうな、濃い人物が多い。

六歳の時、太平洋戦争開戦。一九四四年に生家一帯は強制立ち退きで壊され、一家で箕面へ移住。箕面小学校四年で敗戦を迎える。箕面中、桜塚高校を経て、五四年四月に大阪女子大学英文科に入学した時は、十九歳になっていた。

一九五六年、帝塚山学院大学に週一で出講していた詩人の小野十三郎《おのとおざぶろう》の押し掛け弟

子となり、詩稿を見てもらうようになる。関西詩壇の重鎮だった小野（その名を冠した文学賞あり）は、銘仙の着物に桐下駄をはいた「妙な恰好の不愛想な女の子」（『青春絶望音頭』）の詩を毎回ていねいに読み、「今いい仕事してるなあ」と勇気づけた。翌五七年、小野の紹介で第一詩集『返禮』を自費出版する。

一九五八年、大阪女子大を卒業、五月に『返禮』で詩壇の芥川賞と称せられるH氏賞受賞。六月から清風高校（男子校）に英語教師として赴任。五九年、池田満寿夫と出会う。五九年十二月に清風高校を退職、六〇年一月上京。

はなはだ簡略ながら、これが「上京」までの流れだ。

池田満寿夫はどうか。さらに簡略に記しておく。

一九三四年二月二十三日、旧満洲国奉天に生まれ、敗戦後引揚者となり郷里の長野市に住む。県立長野北高校（現・長野高校）卒業後、五二年に上京、最初の藝大受験に失敗。以後、計三度の挑戦を撥ねつけられる。その間、似顔絵描きなどで生計をたてていた。五四年の夏、駒込林町の大家の娘で、十一歳年上の麗子と肉体関係に陥り、のち結婚。

麗子の妹・淳子（小学校教師）が、池田の才能を評価し、五六年末、北多摩郡小金井町（現・小金井市緑町）にアトリエ付き住居を新築し、姉妹と一人の男が一つ屋根の下で住み始める。ここから数年、画家としてはまったく芽が出ず、画家の友人が次々と渡米、焦りを感じ始める。

そして一九五九年、友人の紹介で富岡と出会う。「一夜のうちに私たちは恋に似た状態に落ち入ってしまっていた」（『私の調書』）と男は語る。女は男を「浮世ばなれして見えて、おもしろいと思った」（『青春絶望音頭』）。たちまち熱烈な文通が始まり、後戻りのかなわぬ事態に発展していったのである。「帰れない二人」（井上陽水）だ。

しかし、池田には麗子という糟糠の妻がいて、離婚を認めない。一九五九年十二月、池田の母親が上京し、話し合いの結果、麗子に毎月五千円の慰謝料を払うという約束で別れに応じる。ただし正式な離婚は成立せず、戸籍上の妻はこの女性一人であった。公務員の初任給が一万円強だった時代、現在の十万円ほどに相当するか。定収入のない池田は、これを借金しながら払い続けた。

とにもかくにも、東京を知らない詩人の卵と、売れない画家のカップルが誕生したわけである。「私たちが一緒になった時、だれもが三日はもたないだろうと噂していた」（『私の調書』）。しかし、〝危険な二人〟の生活は七年余に及んだ。

一九六〇年新宿

富岡の『青春絶望音頭』『斑猫』『壺中庵異聞』、池田の『私の調書』『日付のある自画像』『尻出し天使』など、二人の同棲時代を知る資料には事欠かないが、新宿の描写や時代背景の記述はすっぽり抜け落ちている。富岡が見たはずの新宿駅西口には、焼跡にできた闇市マーケットを始め、まだ戦後の名残りが見られたはずだ。

『東京懐かしの昭和30年代散歩地図』(実業之日本社)によれば、東京オリンピック開催前の一九六三年頃に「西口の和田組ラッキーストリートが西口会館ビルに建て替わり、淀橋浄水場の廃止が決定したが、京王線新宿駅は地上駅のままで、古い枕木で囲われていた」という。また「新宿駅のホームから見る夜の淀橋浄水場は広大な暗闇で、その向こうに十二社温泉や花柳界のネオンが輝いていた」。小金を握る男たちには、新宿は活気あるパラダイスだった。そのまた向こう、ネオンの届かぬ暗闇の底に、詩人と画家が住んでいた。彼らの目には、その何物も目に入らなかったのだろうか。

富岡はのちに「ボーとついていく」(『回転木馬はとまらない』所収)のなかで、「いつも新宿には比較的に近いところに住みながら、だれかと待ち合わせる時に新宿の喫茶店の名前をいわれてもたいてい知らない」と、新宿という街への不感症ぶりを示している。

一九六〇年は安保闘争の渦中で、六月十五日に全学連が国会に突入。樺美智子さん死亡という悲劇が起きた。街に流れていたのは「アカシアの雨がやむとき」。二十三区の電話番号が三ケタになり、十月には日比谷公会堂で社会党委員長・浅沼稲次郎が、十七歳の右翼少年に刺殺された。ダッコちゃんブーム、ON砲誕生、ヌーベルバーグ、「ハイライト」発売、徳仁親王（今上天皇）誕生などの風俗やニュースも、二人の記述で目にすることはない。まるで世間から隔絶されたように、気分は「新宿」の渋谷区本町のアパートで、二人は隠花植物のようにひっそりと暮らしていたのである。

新宿はまだこの頃、東京の中で、文化的辺境の地にあった。佐藤忠男『東京という主役』（講談社）によれば、「新宿という地名が映画の題名の一部に盛りこまれるようになるのは、一九六〇年代の末からである」。『新宿そだち』（一九六八年）、『新宿泥棒日記』（一九六九年）、『新宿マッド』（一九七〇年）、『新宿アウトロー ぶっ飛ばせ』（一九七〇年）などが、混沌としたエネルギーを抱えた新しい街「新宿」を活写していく。薄幸の少女・藤圭子が「新宿の女」を歌ったのが一九六九年。新宿から物語が生まれ始める。

しかし、その頃、すでに二人は新宿にいない。

泣かないのか、一九六〇年のために

「初めて新宿に行くものは、そこに新たな新宿をまた一つ生み出すことになるのだ。新宿は新たに訪れる人々によって次々に生み出されて行くのだ。新宿は無数にある。（中略）新宿は街というものではなくて、人々が欲望に突き動かされて行なう行為のことなのである」と詩人の鈴木志郎康は、評論集『純粋身体』（思潮社）に書いた。

富岡多惠子に東京への憧れや欲望はなかった。「欲望に突き動かされて行」ったのは、池田満寿夫という男に会い、一緒に暮らすためだけだった。それがたまたま、東京であり、新宿のはずれのアパートというだけのことだ。

「わたしは大阪の地理にもうといが、東京の地理にはさらにうとい。東京での度重なる宿替えは、結局いつも異国を流れているという意識がそうさせていたところもあった。したがって東京で住んだ土地への愛着も特別なかった」（「十二社の瀧」）

二人のアパートは東窓で、すきま風が吹き込み、冬は非常に寒かった。家具と呼べるものはなく、池田が持ち込んだ版画のプレス機と、リンゴ箱を代用した本箱、大阪から富岡が送った蒲団ひと組のみが目につく荷物だった。それまでは実家に家族と同居し、家事はすべて母親まかせで、何不自由なく暮らしてきた女が、いきなり剝き出しになった社会の現実にさらされた。夜は一つの蒲団を引っ張り合って寝る生活に、富岡は健康を害するようになる。

両方の実家から食料を補給してもらい、食べつなぐ日々。二人の食い扶持は「豆本製作」だった。池田は富岡に会う前から、古書コレクターとして著名な書痴往来社の峯村幸造の紹介で、豆本刊行を手がける真珠社の平井通と知り合っていた。平井は江戸川乱歩の実弟。彼の注文で、一九五九年から豆本製作を始めていた。最初の一作は江戸川乱歩『屋根裏の散歩者』だった。

手彩色の銅版画と油絵の表紙、外函も手作業による、完全な家内制手工業であったが、手先の器用な富岡は、三冊目の『かるめん』よりこれを手伝うようになった。この豆本製作に仕方なく没頭した時代のことは、富岡の『壺中庵異聞』で詳細に小説化されている。同じ時代のことを描いた「仕かけのある静物」（『仕かけのある静物』所収）では、富岡が「カネコ」、池田が「ジロキチ」の名で登場。平井通も、春画を扱う「ミナミ老人」として描かれる。

二人のアパートを訪ねてくるのは、この平井と、池田の戸籍上の妻・麗子ぐらいのものであった。「仕かけのある静物」を、ほぼ事実に基づくと仮定すれば、「ジロキチとカネコは時々歩いて十五分くらいのところにある小さな公園へいったりする」。ここに池と茶店があった。たまには、ジロキチはおでんでビールを飲み、カネコも甘酒を飲んだりした。貧乏なカップルのささやかな行楽である。これが「十二社」であろう。一九六〇年の『東京都区分地図帖』（和楽路屋）の当該箇所を見ると、たしかに南北に細長い池がある。すぐ目の前には広大な淀橋浄水場が横たわっていた。

また、公園へ行かない日は、繁華街に出て、三本立ての映画を観た。新宿で三本立ての映画といえば「新宿昭和館」を思い浮かべるが、同館は建物疎開を受け、再建されたのは一九五一年であった。

川本三郎は「新宿六〇年代」（『東京つれづれ草』所収）という文章で、「新宿がもっとも輝いていたのは一九六〇年代」とし、ジャズ、アングラ演劇、映画、ロック、マンガといった、「あらゆる新しい文化が新宿を中心として生まれ、育っていった」とする。その担い手が「若者」であったが、この中に富岡と池田のどん底カップルは含まれていない。カネコの願いはただ一つ。「ひとつの蒲団でひとりでゆっくりねむりたい」。それだけであった。

ミューズ・富岡多惠子

世の流れと周回がずれて停滞するカップルに、一発逆転のチャンスが訪れたのも、また一九六〇年であった。以下、川合昭三『池田満寿夫』（カラーブックス）の記述を借りて、芸術カップルの開花を追う。第二回東京国際版画ビエンナーレ展のため、国際審査員として来日していたドイツの美術評論家、ヴィル・グローマンが、そこに出品された池田の「女・動物たち」に、「線による表現力に恵まれた才能」を認め、強力に推し、文部大臣賞を受賞した。池田満寿夫の名はこれで一躍知られ、「一枚二百円の版画が、受賞後は十倍に値上がりし注文が殺到した」。「二百円」は現在の二千円ぐらいか。

『私の調書』を読むと、池田とつき合い出した頃、富岡がこう告げたと言う。
「私はツキを人にあたえる女なのよ、私と一緒になったらその男は成功する」
その予言は一年足らずで的中した。翌六一年には上野「不忍画廊」で初の個展を開き、九月のパリ青年ビエンナーレ展版画部門で優秀賞を受賞した。ようやく画壇で池田の名が認められ始める。十二月には、日本橋画廊に出品、画廊主の児島徹郎は、今後の作品の買取契約を結ぶとともに、過去のすべての作品のストックを買い上げた。同じ六一年、富岡も詩集『物語の明くる日』（MXT社）で室生犀星詩人賞を受賞。限定版のこの詩集には、池田の銅版画が一枚挟み込まれた超稀覯本と遇され、いまやめったに拝めない。「日本の古本屋」の検索サイトでは石神井書林が出品し、四万四千円の古書価がついている（二〇二二年十一月現在）
まさしく、富岡多恵子は池田満寿夫にとっての「ミューズ」であった。一九六三年秋、ついに二人は新宿「青春絶望音頭」の部屋を脱出する。新居の住所は世田谷区松原町一丁目。天井の高い十八畳のアトリエだった。現在と丁目割りは変わらぬ松原町一丁目は、京王線「明大前」駅の北側にあたり、すぐ目の前に和田堀給水所が見えたはずだ。ナチスの要塞を思わせるコンクリート造りの建造物（一号配水池）は、一九三四年の竣工。老朽化のため現在改築中と聞く。新宿「十二社」時代のメルクマールはガスタンク、今度は給水所だ。

アトリエの持ち主は彫刻家の吉村二三生《ふみお》。ニューヨークに滞在中とあって、留守のため瀧口修造の紹介で借りられた。吉村を母方の叔父に持つ巖谷國士が隣りに住んでいて、彼の交遊関係プラス富岡の詩人仲間が、気の置けぬこの空間に集うようになる。澁澤龍彥、瀧口修造、吉岡実、土方巽、加藤郁乎、田村隆一、白石かずこなどが、才能を開花させたカップルの客人となった。この頃、萩原葉子を通じて知り合った森茉莉は、富岡多惠子の印象をこうつづる。

「二十二三に見えるお河童、Gパンのタエコはふと見ると、全世界を向ふに廻して歩いてゐる。（トミオカ・タエコここにあり）、と言って、歩いてゐるのである。素直な、清潔なお河童の、紅いガアディガンにGパンの女の子が、繊い足にサンダルを履き、サンダルで地球を蹴って歩いて行くのである」（『富岡多恵子詩集』思潮社現代詩文庫）

「スミヨッサンはこっちですか?」

「地球を蹴って歩いて行く」のは池田もその通りで、一九六五年八月、ニューヨーク近代美術館での個展(日本人初)が決まり、七月、二人はニューヨークへ。「世界のマスオ」になっていく。翌六六年六月にはニューヨークからヨーロッパ諸国を周遊、ベネチア・ビエンナーレ展の版画部門でグランプリを受賞した。

行くところがなく、新宿・十二社の池で、おでんと甘酒を口にしていたわびしい二人にとって、思わぬ展開であった。しかし、本当に思わぬ展開はここからだ。

「二十三日には終着駅ローマに着き、二十八日には多恵子は日本へ、満寿夫はニューヨークへと分れ分れになる。このローマは文字通り、満寿夫・多恵子カップルの終着駅となる」(川合昭三『池田満寿夫』)のだ。ニューヨークで池田の前に新しい女が現れる。中国人の父と、オーストリア系アメリカ人の母を持つリランだった。この先のゴタゴタを書くのは本稿の役目ではない。富岡は三十一歳になっていた。

講談社文芸文庫版『ひべるにあ島紀行』(二〇〇四年)の自筆年譜を見ると、「池田満寿夫」の名は徹底的に排除されている。一九六〇年「一月、上京。渋谷区幡ヶ谷本町に住む」、一九六三年「世田谷区松原に転居」、一九六五年「七月、渡米」、一九六六年「七月帰国」、一九六八年「二月、世田谷区若林に転居」といった具合だ。年譜だけからは、あの「のら犬のよう」な男の痕跡はない。池田もすでにこの世になかった。一九九七年三月、熱海市の自宅で地震に遭遇、驚いた愛犬に飛びつかれて昏倒し、そのまま心不全にて急逝したという。最後のパートナーはバイオリニストの佐藤陽子（二〇二二年に死去）。

富岡は世田谷区若林で一人暮らしを始めた一年後、九歳年下の菅木志雄と出逢い、三十五歳で結婚する。またもや相手は芸術家。戸籍上はこれが初婚であった。この頃から富岡の活動は、詩から離れ、戯曲、エッセイ、小説、評論と散文へ移行する。住所も杉並区清水、川崎市多摩区生田、町田市玉川学園と西進、どん底の新宿・十二社からは遠く離れていく。次第に〝大阪〟へ近づいていっているようだが、錯覚か。現在の住居は静岡県伊東市。奇しくも、池田が最後に住んだ家と同じ県内だった。西進するそのたび文業も上がり、『植物祭』により田村俊子賞、「立切れ」（『当世凡人伝』に所収）で川端康成文学賞、『中勘助の恋』で読売文学賞、『ひべるにあ島紀行』で野間文芸賞など受賞歴も華やかだ。

ところで、大阪より東京および近県在住の方が長くなっても、富岡は大阪ことばを捨てなかったようだ。私が好きなのはこんなエピソード(『大阪センチメンタルジャーニー』)。

映画のロケハンに同行し、監督、美術と三人で車を運転しながら住吉大社へ向かっていた時のこと。東京人の監督と美術は途中で何度か、車を停め、「住吉大社」への道を聞くが、誰も教えてくれない。たまりかねて、富岡が口を出した。

「おばちゃん、スミヨッサンはこっちですか?」

すると、ようやく大阪の「おばちゃん」は、「スミヨッサン(住吉大社)」への道を教えてくれたのである。

「三十年間、東京という『他郷』でつねに『ヨソ者』でありつづけ」(『大阪センチメンタルジャーニー』)た富岡だが、血の中に流れる「大阪」を排除するわけにはいかなかったようだ。

松任谷由実

川を二本越えたら自分に戻る八王子

二〇一五年十月某日、朝から細かい雨が降る。この日だと思い、青梅線「西立川」駅へ赴く。ここが荒井由実「雨のステイション」のモデルになった駅。中央線「立川」駅から青梅線へ入り、一つ目の駅が「西立川」である。一面二線の島式ホームを持つ地上駅で、階段を上がると駅舎のあるタイプ。一日の乗車人数は約七千人。お隣りの立川駅が約十六万人だから、それに比べると地味な駅だ。朝夕の通勤通学時を除けば、雨の日の昼間などはわりあいひっそりしている。情趣に乏しくとても歌になるような駅ではない。

橋上の改札を出て、そのまま橋を渡れば目の前が「国営昭和記念公園」で、橋のたもとに、「西立川駅　原風景の記憶」と書かれたプレートと半球の大きな石の碑がある。雨に濡れて光る石の表に刻まれた文字が松任谷由実（当時・荒井由実）の自筆による「雨のステイション」の歌詞だ。

新しい誰かのために　私など思い出さないで
声にさえもならなかった　あのひとことを
季節は運んでく　時の彼方
六月は蒼く煙って　何もかもにじませている
雨のステイション　会える気がして
いくつ人影　見送っただろう
霧深い町の通りを　かすめ飛ぶつばめが好きよ
心縛るものをすてて　かけてゆきたい

なつかしい腕の中　今すぐにも
六月は蒼く煙って　何もかもにじませている
雨のステイション　会える気がして
いくつ人影　見送っただろう

一九七二（昭和四十七）年、シングル「返事はいらない」でデビューした荒井由実の登場により、それまでモノクロ世界だったフォークの世界が激変する。一挙にカラフルに彩られ、ニューミュージックという新ジャンルを指す言葉も生まれた。四畳半アパートも、ジーパンとTシャツも、ギターケースも無縁なファッショナブルな若い女性が荒井由実。まったく新しい音楽の誕生と言ってよかった。

この「雨のステイション」でも、駅、雨、失恋を歌った従来の作品とまるで違うのは、プラットホーム、ベンチに一人腰掛け、ドアが閉まり、走り去る電車、哀しみといった歌謡曲の常套句がみごとに消されていることだ。だから霧の空を切り裂いて飛ぶつばめが印象的で心に残る。風景こそが主役なのだ。

「ラブソング書いていても、ラブソングを書いているとは思ってないの。ラブソングという設定をかりて、もっと他の風景とかをいいたいの。日の光や、水の影や（中略）それが、ラブソングでいったほうが伝わりやすい」と、語り下ろしの自伝『ルージュの伝言』（角川文庫／以下、Aと表示）で言っている。

彼女が日本の歌の世界で切り拓いた風景画家としての技量は、この「雨のステイションン」でいかんなく発揮されている。その作品世界を「カラフル」と言ったが、ここではむしろ墨絵を思わせる。松任谷由実は大学で日本画を学んだ。このような風景の描き方は、それまでの日本の歌にはなかった。

雨のステイション

以後、荒井由実と松任谷由実が混在するため、愛称の「ユーミン」と統一して表記することにして、この歌の成り立ちをプレート解説から記す。「かつては米軍基地前の『さみしい駅』だった西立川。／今では、国営昭和記念公園の玄関口として、多くの人々が利用する『公園駅』へと、生まれ変わろうとしている。／『雨のステイション』は、松任谷由実さんが当時の西立川駅をモデルに、始発電車を待つ少女（自分自身）の心情を綴った歌」であった。自伝『ルージュの伝言』で補足すれば、この「グルーミーな景色」は、「スピードというディスコで踊って、家に四時ごろの始発で帰ってくるのね。それでなにもなかったように学校に出かけるんだよね」という体験が下敷きになっている。これが十四歳から十六歳ぐらいの話だから、とびきりマセている。

「スピード」は六本木にあったディスコの草分け。ここで、まだ「はっぴいえんど」を結成する前の細野晴臣や松本隆、小坂忠などとも知り合う。「学校」とは、私立の立教女学院。ユーミンは中高と、東京都杉並区久我山のミッションスクールに通う。立教女学院には、聖マーガレット礼拝堂と聖マリア礼拝堂と呼ばれる二つのチャペルがある。米軍基地といい、彼女を取り巻く環境は脱日本的であった。「夜、家中が寝静まってから楽譜を抱えて家を抜け出し、八王子から四谷まで中央線に乗り、四谷から1時間歩いてキャンティへ」と、一夜を六本木で過ごし朝帰りする不良少女の動線を『THE YUMING ザ ユーミン 松任谷由実1972–2011フォトストーリー』（集英社）で具体的に語る。

「キャンティ」は、六本木のはずれ、飯倉片町（現・麻布台三丁目）にあるイタリア

伊三夫

ンレストラン。一九六〇年の開業以来、芸能人や音楽関係者や写真家、作家、ファッションの業界人などが集うサロンとなった。ここからファッション、音楽などの流行が発信されたのだ。ユーミンは、オーナー夫人で「女王」だった川添梶子に可愛がられ、現在のアルファ・レコード社長で作曲家の村井邦彦の知己を得、高校生ながら加橋かつみのシングルを作曲し、作曲家デビューを果たす。ユーミン伝説誕生の重要な場所だ。

中野、高円寺、阿佐ヶ谷、荻窪、吉祥寺など、中央線を代表する街は、七〇年代、吉田拓郎、かぐや姫、友部正人、斉藤哲夫、高田渡ほか、フォークの面々が住みついて活動を続けていた。ユーミンの実家は、同じ中央線でも八王子と遠く、そのおかげで中央線文化をスルーし、同時にフォーク臭もスルーした。東京では遠隔地だった八王子を「地の利」にしてしまったことが、ユーミンの強さだ。

生まれた街の匂い

二枚目のアルバム『MISSLIM』所収の「生まれた街で」に、次のような歌詞がある。「生まれた街の匂い　やっと気づいた　もう遠いところへと　ひかれはしない」。この「街」とは八王子のことであろう。私は今回、本稿でユーミンと八王子の関係にこだわってみたい。

ユーミンは一九五四年一月十九日、東京都八王子市に今もある「荒井呉服店」に、二男二女の次女として生まれた。地元の小学校（八王子市立第二）に通い、中学・高校は私立の立教女学院、大学は多摩美術大学と、結婚するまで、ずっと実家に暮らしていた。実家「荒井呉服店」は、一九一二（大正元）年創業の老舗で、父親が入り婿で二代目を継いだ。最盛期、従業員が五十人はいて店内はにぎわった。

自伝『ルージュの伝言』に八王子における幼少期、青春期がくわしく語られている。由実と弟にはお手伝いさんが付いて世話をし、母親は家事をしない人。『ルージュの伝言』に母親との対談が掲載されているが、「ユーミンの子供のころ」について、母親は「そうねェ、私、自分のことのほう覚えてて、子供のは覚えてないから。（笑）」と答えている。母親に面倒を見てもらえない子どもだった。父親は大店の主人らしく遊び好きで、使用人に手をつけるなど「花登筐《はなとこばこ》の世界」だったという。

「セシルの週末」の「忙しいパパと派手好きなママは　別の部屋でくらしている　今

荒井呉服店の店頭（2022年）

でも週末ねだりに行くけど　もう愛しかいらない」は、あくまでフィクションだが、幼少期から青春期における心情（淋しさ）が透けて見えるはずだ。この曲は、サガン原作の映画『悲しみよこんにちは』のジーン・セバーグをイメージしたといわれる。たしかにユーミンの世界をひと言で表せば、「悲しみよこんにちは」だ。青春期の「悲しみ」をスタイリッシュに描き上げる点で、同世代、あるいはポスト・ユーミンを目論む女性ミュージシャンの追従を許さなかった。

ところで八王子は、古来生糸と絹織物の生産、販売の盛んな土地で大いに栄えた。信州や甲州からも生糸が、荒井呉服店の前を通る甲州街道を使って運搬され、開港地・横浜へと運ばれた。このラインは「日本のシルクロード」と呼ばれるに至ったのである。駅前が再開発され、商業ビルやホテルが建ち並ぶ前、八王子のメインはこちら、甲州街道沿いの商店街周辺にあった。

太平洋戦争で一度、焼野原となった八王子だったが、戦後の復興で勢いづき、各所に遊郭や花柳界が生まれた。花街あるところ和服の需要はあり、荒井呉服店も繁昌したと思われる。のちに住む家は移るが、ユーミンは長らくこの呉服店で寝起きしていた。すぐ裏にカトリックの幼稚園、子どもの足で十五分ほどのところに小学校があった。その通学路に「昔は闇市《やみいち》とか呼ばれていたところがあるの」（A）と言う。滝田ゆう、林静一の「ガロ」的風景が続き、小学校にたどりつく。今も目の前に大きな赤い鳥居の「八幡八雲神社」がある。かつては神社の広い境内に日活、東映の映画館が二つあった。夜になると空をコウモリがたくさん飛んだ。「私はよく都会派だっていわれるけど、子供のころにはそういう世界があったのよね。闇市の名残りとか、パンパンとか、清元の世界ね。私、下品な人たちもたくさん見たもの」。そこで「下品さの中にある高潔さ」（A）を知った。

八王子は東京か

ところで八王子は東京だろうか。もちろん行政区分としては、立派に東京都下の市だ。ただ、八王子を東京と呼ぶには都心からは遠すぎる。東京駅から八王子駅まで、中央線快速で乗車時間は約一時間。距離数は四十七・四キロ。これは関西でいえば、だいたい大阪駅から京都駅にも相当する懸隔である。しかし、この距離感、遠さが松任谷由実の世界を作ったと言ってまちがいない。

「東京といっても私は八王子で、そこもひとつ都心とは距離感があるんだけど、いつも言うようにその距離感があることが都市ってものを際立たせるわけだから」（『月刊カドカワ』一九九三年一月号）。『荒井由実ソングブック』（協楽社）のインタビューでも「生まれも育ちも東京なのですか?」という問いに「東京っていうのはおこがましいけど、わりと田舎の方なもんで……（中略）行き帰りの電車の中で、風景を見てるとそんな時にわりと曲がまとまったりすることが多いのでずーっといると思う」と答えている。

松田聖子の楽曲でコンビを組む作詞家の松本隆は先行する世代だが、東京都港区の青山生まれ。周辺の乃木坂、麻布、六本木、渋谷など、都電の走る都市風景を享受して育った。のちに、はっぴいえんどで作詞をするようになると、松本は自分の知る東京を「風都市」と呼ぶ。これは宮沢賢治が故郷・岩手を「イーハトーブ」と呼ぶのと同じ、一種のユートピア化だ。松本の思い描く「風都市」は、大きく変貌する東京オリンピック（一九六四年開催）前の東京であった。名曲「風をあつめて」は、草木の見えない、乾いた都市風景を描いて成功した。それは、同じく「都会派」と目されるユーミンの描く世界とはまるで違っていた。

「結婚まではずっと八王子《はちおうじ》に住んでた。仕事に行くんでも、相変わらず川を二本越えて行くの。川を二本越える間に、人間が変わるような気がした。／川を二本越えて帰ってくると、また元の自分に戻るのよ。一種の、暗示ね」（A）

この二本の川とは、浅川と多摩川であろう。中央線は、八王子から次の豊田へ行く途中で浅川を越え、進路を北に取り、日野から立川の間で、もう一本、多摩川を越えていく。都心の風景が消え、畑が広がり、近くに山が迫る。二本の川は、ユーミンが「田舎」と呼ぶ故郷・八王子と都心との「距離感」を明確にする装置だった。八王子・非東京説で、もう一つおもしろいエピソードが自伝『ルージュの伝言』で披瀝されている。元「かぐや姫」の一員で、当時「風」というグループを組んでいた伊勢正三と、東京について話したことがあった。

「私は東京の話なんて人としないのね。そんなこだわってないから」というスタンスを取っていたユーミンだが、九州出身の伊勢は東京（都会）を非常に意識していた。その伊勢が「ユーミンが都会派とか言われたって、八王子だもんね」と皮肉を言った。その時、「それまで言葉として意識してなかったことだから、ガーンときたわけ」。九州出身の自分と、あまり変わらないではないかと伊勢は言いたかったようだ。しかし、ユーミンは「彼とは違う」と、逆に確信を持つ。それは東京オリンピックで変貌した前後の東京を、伊勢は知らないからだ。「高速道路がバンバンできたり、街が変わってゆくのを目のあたりに見てない」。そこにユーミンはこだわった。

なぜなら、「中央フリーウェイ」を作った人物だからだ。

中央フリーウェイ

ユーミンを代表する曲の一つが「中央フリーウェイ」（一九七六年『14番目の月』所収）。「中央フリーウェイ　右に見える競馬場　左はビール工場　この道は　まるで滑走路　夜空に続く」と歌われたのは「中央自動車道（中央道）」のこと。現在は東京都を起点に富士吉田線・西宮線・長野線の三路線から成る高速道路も、この歌が作られた頃は調布〜八王子間のみの開通だった。西立川駅を「ステイション」と言い換えたように、中央自動車道という色気も詩情もない硬い名称を「フリーウェイ」としたことが、この歌に命を吹き込んだ。

『ルージュの伝言』によれば、最初のアルバム『ひこうき雲』（一九七三年）を制作中、スタジオでアレンジャーの松任谷正隆と出会い、恋に落ち、よく家まで車で送ってもらっていたという。その際の体験が投影されていることは間違いない。プロポーズも送ってもらう車の中でのことだった。調布入口から八王子出口までの距離は約二十五キロ。わずかな距離だが、今から考えればそれだけにフリーウェイ体験は特権化された。八王子に住む者だからこそ許された体験だった。

都心へ向かうのではなく、郊外へ離れていく。そこに疾走感と爽快さを感じるというのが新しい感受性で、山が迫り、夜空の色が濃くなることで、クルマは風景の中へ溶け込んでゆく。ユーミンには、ほかに「哀しみのルート16」(国道十六号線)、「カンナ8号線」(環状八号線)と、ロードを歌にした作品がある。六〇年代末から七〇年代フォークの人たちは、実際にはクルマを所持していても、歌にすることはなかった。「自転車に乗って」(高田渡)、「一本道」(友部正人)など、移動手段はもっぱら自転車か電車だ。「まるで滑走路　夜空に続く」という歌詞は、クルマによる高速道路走行でしか味わえない感覚だったのだ。

また、「中央フリーウェイ」には車窓からの風景も描き込まれている。ここに歌われた「右に見える競馬場　左はビール工場」とは、それぞれ府中競馬場とサントリーのビール工場で現存する。ただし、「いまではフェンスが高く張られ、(中略)全貌をしっかり見ることはできない」(『探訪　松任谷由実の世界』ゼスト)。ちなみに、一番の歌詞にある「調布基地」とは、現在、調布飛行場として使われている場所だ(一部、味の素スタジアムの敷地も含む)。かつてここにあった米軍の調布基地は、一九七三年に返還された。これが一九七三年の『ひこうき雲』レコーディングにおける体験だとしたら、「中央フリーウェイ」にはギリギリのタイミングで調布基地の姿が歌に刻みこまれたことになる。

東京の中のアメリカの影

「中央フリーウェイ」における調布基地のほかに、先に触れた「雨のステイション」の背景となる立川基地、あるいは「天気雨」の相模線の車窓から見る白いハウスなど、ユーミンの曲には、駐日米軍基地（日本の中のアメリカ）の姿が見え隠れする。

とりわけ印象深いのが「ＬＡＵＮＤＲＹ‐ＧＡＴＥの想い出」（一九七八年『紅雀』所収）で、これは直接に立川基地のことを歌ったものだ。「ふた駅ゆられても　まだ続いてる　錆びた金網　線路に沿って」「〝ジミヘン〟のレコードも返せないまま」の歌詞は、彼女が中学生の頃から基地内に足を踏み入れていたことを示す。立川駅を出て青梅線で「西立川」「東中神」と、たしかに「ふた駅」、沿線に基地の金網がずっと続いていたのだ。

「八王子の家から、二十分ぐらいで立川《たちかわ》とか横田《よこた》のベースへ行けたわけ。（中略）／だだいたいはハーフの友達とか、みんな十六ぐらいでもうクルマ持ってたから、そういう友達に迎えにきてもらうのよ。ベースに行くとPXでレコードも買えるのね」（A）

「PX」(Post Exchange) とは、米軍基地内にある購買部。日本人は入れないことになっている。しかしユーミンは、ここで輸入盤のレコードを八百四十円ぐらいで買って、当時一緒に遊んでいたグループ・サウンズのバンド仲間に貸して重宝がられたという。まだ輸入レコードが高い時代で、八百四十円は現在の物価換算で五千円ぐらいの感覚かと思うが、それでもまだ基地外で正規に買うより安かった。

立川基地の場合、いくつか門はあったが、ユーミンの使ったのは「ランドリーゲート」だった。立川基地に宏大な洗濯工場があって、国内はもちろん海外の米軍基地から出る洗濯物を、ここでまかなっていたという。ひんぱんに業者がトラックで出入りしただろうから、通常のゲートよりチェックが甘く入りやすかったかもしれない。北中正和によれば「ハーフの友人たちのおかげで、米軍基地に行っては、ジェファソン・エアプレイン、アイアン・バタフライなど、60年代後半のサイケデリック・ロックのアルバムを格安で手に入れて聞いていた」（『レコード・コレクターズ』一九九六・

伊三夫

一〇）ようだ。

敗戦後の日本において、占領以後、そこだけアメリカという世界が身近に存在した。呉服を扱う実家で清元とピアノを習い、カトリックの学校へ通い、十代から基地に出入りする少女がユーミンだった。「そのころにもうコスモポリタンを味わっちゃったね」と、『ルージュの伝言』で当時のことを回想しているが、八王子に住んで、都心とは「距離感」を覚えつつ暮らすことが、より「アメリカ」を身近にさせたというのがおもしろい。

驚くべきことに、一九七七年に日本に返還されたあとも、昭島市中神町富士見通りに、「ランドリーゲート」というバス停が一九九八年まであった（現在「富士見通り」と改名）。基地の跡地を訪ねたが、今はフェンスで囲われ敷地内は再開発されるらしく建築中の槌音が響いていた。元「ランドリーゲート」バス停は、もはや乗降客も少ないらしく、座る人もないベンチが一つ、秋の陽を受けていた。つい、「夏草や兵どもが夢の跡」という芭蕉の詩句が頭に浮かんだ。そういえば、「LAUNDRY-GATEの想い出」に「夏草だけゆれてた」という一節がある。

相模線にゆられてきた

八王寺はさらに横浜から湘南方面とつながる起点でもあった。ユーミンは、友達の車に乗り、あるいは相模線を使って、しばしば横浜および湘南を訪れている。荒井由実時代の代表曲の一つが「天気雨」（一九七六年『14番目の月』所収）。ユーミンが友達の車に乗っていた頃、相模線は八王子には乗り入れていなかった。しかも、当時は電化されずディーゼル。したがって、「天気雨」は、橋本から相模線に乗り、ディーゼルエンジンの音を聞きながらの茅ヶ崎行きであった。「白いハウスをながめ　相模線にゆられて来た　茅ケ崎までのあいだ　あなただけを想っていた　やさしくなくていいよ　クールなまま近くにいて」（「天気雨」）と歌われる「白いハウス」はどこか。相模線の下溝から相武台下駅間の東側に、今も広く陸上自衛隊の駐屯地が広がるが、ここは元米軍の座間キャンプだった（一部は現在も運用中）。おそらくだが、座間キャンプ内の米兵住宅が「白いハウス」ではなかろうか。

もう一つ、松任谷由実における「東京」を考える時に重要なのが、地元八王子を国道十六号線が縦断していることだ。「哀しみのルート16」に歌われる「国道十六号線」は、横須賀から八王子、さいたま市、千葉市などを経由し、木更津へと郊外を結ぶ環状道路。八王子と横須賀という遠隔地をつなぐ、もう一つのユーミン・ルートだ。「砂埃りの舞うこんな日だから　観音崎の歩道橋に立つドアのへこんだ白いセリカが下をくぐってゆかないか」（「よそゆき顔で」一九八〇年『時のないホテル』所収）

この「観音崎の歩道橋」（一九七五年建造）については、すでに聖地化され、ファンによる調査で特定できている。国道十六号線の末端近く、横須賀市走水港が見える国道に、ごく普通の歩道橋がある。周辺で、歩道橋があるのはここだけなのは、すぐ近くに走水小学校があるからだ。学童の通学路ということで設置されたと思われる。「よそゆき顔で」のヒロインは、若い頃は車を飛ばす仲間と遊び、歳を重ねて、明日は結婚という日を迎え、昔を懐かしむため歩道橋の上に立っている。

「立教の男の子とよくパーティーやったな。わりと湘南方面に友達がいろいろできて、海とか見に行ってたわけ。クルマ持ってる子とじゃないとつき合わなかったから」（A）

湘南は早くからワイルドワンズ、加山雄三などによって歌の舞台に使われてきたが、それは地元民の生活の延長線上にあるもので、無批判で抵抗感のない世界だ。「想い出の渚」や「お嫁においで」などを聴くとわかるが、やたらに明るい肯定的な世界なのが特徴と言えよう。彼らの描く湘南は、いつも上天気で、曇りも雨もない。東京西郊の八王子から電車に乗り継ぎ（あるいは恋人の車で十六号線を走らせ）やって来たユーミンが、いわば異邦人として見た湘南の風景は「低い雲間に天気雨」（「天気雨」）、「砂埃りの舞うこんな日だから」（「よそゆき顔で」）と湿度と翳りを帯びたもので、八王子出身の彼女をして初めて発見されたと言えるだろう。

草野心平

人生いたるところ火の車あり

草野心平について何か書くことになるとは思っていなかった。本書『ここが私の東京』のちくま文庫化に際し、書下ろしで誰か加えることになり、中原中也、服部良一、三浦哲郎、渡辺貞夫など、あれこれ人名が頭に浮かんでは消えた。「草野心平」の名が急浮上したのは一つの記事がきっかけで、スクラップブックを整理して見つけた。「朝日新聞」(二〇二〇年三月十八日付)の「マダニャイとことこ散歩旅」の「志木街道39　草野心平の碑」に注目し、再び読んでみた。

「詩人で、文化勲章受章者の草野心平（１９０３〜88）は63年10月に、今の東京都東村山市秋津町に居を構えた。街道から６００メートルほど北に入った場所だ」とある。掲載時に読んだときにはピンとこなかったが、二度目に読んだのはちょうど秋津を散歩したばかりだったため食いついたのである。「秋津」といっても他府県の人にはピンとこないだろう。私が散歩の際に携帯する『でっか字まっぷ　東京多摩』（昭文社）の冒頭見開きに一望できる地図で言えば、所沢市、清瀬市に囲まれた東村山市の北端にあたる小さな町である。駅で言えばＪＲ武蔵野線「新秋津」と西武池袋線「秋津」の両駅が少し離れているが路線が交叉する。「東村山」でようやく「ああ」と思う人は多いかもしれない。故・志村けんが「８時だョ！全員集合」で歌った「東村山音頭」が一世を風靡し、ローカルな地名がたちまち全国区となった。秋津と草野心平については後述するとして、秋津の前に二年ほど住んだのが東京都「国立市（当時国立町）」というのも調べて初めて知った。私は国分寺市民だが、最寄り駅が中央線「国立」で、よくうろつく町であった。そんな機縁で、遠かった草野心平の名前が急に接近してきたのだった。

私が最初に草野心平を読んだのは詩で、若き日に買った新潮文庫の『草野心平詩集』を今でも持っている。当時の定価が一六〇円。後ろ見返しに買った年月日が鉛筆で記してあり、「昭和53年8月10日」だったと分かる。私は二十一歳で、若き日に詩をよく読んでいた。カバー袖には新潮文庫の詩集が一覧で刷られていて、高村光太郎と智恵子抄を始め、島崎藤村、北原白秋、萩原朔太郎、三好達治、室生犀星、宮沢賢治、佐藤春夫、草野心平、中野重治、武者小路実篤、伊藤整、伊東静雄、村野四郎、西脇順三郎のほか、全三巻の『現代名詩選』、翻訳の『月下の一群』、『海潮音』が新潮文庫に入っていた。詩が広く読者を得ていた時代だった。このうち現在でも書店で入手可能なのは四分の一ぐらいか。草野心平については角川文庫、旺文社文庫のほか思潮社の現代詩文庫（サイズは文庫ではない）、二〇〇〇年代に入ってからも岩波文庫、ハルキ文庫が詩集を出していたが、現在、ハルキ文庫以外はいずれも品切れおよび絶版のはずである。

というわけで私が最初に読んだのは新潮文庫版。昭和二十七年四月十日初版が発行され、所持するのは昭和五十一年七月二十日の版で三十一刷まで版を重ねている。ほぼ毎年、増刷されていたことになる。草野の詩で有名なのは、なんといっても「蛙」の連作で、次いで「富士」も多く詩にした。「国語」の教科書にもよく掲載されていた。選詩集となる新潮文庫版にもそれらは収録されて、最後は有名な「冬眠」。ページの真ん中に「●」があるだけの作品である。この詩の存在を知らず、「冬眠」とタイトルがなかったら、印刷ミスだと思うかもしれない。大胆で哲学的でユーモラスな作であることは間違いなく、これを除いて草野心平詩集を編むことは難しいだろう。

草野の詩で、とくに「蛙」詩編において特異なのはオノマトペの濫用である。「誕生祭」の後半から蛙の合唱が「りーりー　りりる」「けくつく　けけくつく」「びがんく　びがんく」「ぐるるっ　ぐるるっ」と続き「われらのゆめは／よあけのあのいろ／われらのうたは」の三行を挟み、以下「ぎやわろつぎやわろつぎやわろろろろりつ」という詩行が二十五行も羅列される。正直に言って、二十一歳の私はこれらを面白いとは思いつつ、深く理解するには至らなかったように思う。愛読者にはなりえなかった。こうして草野心平のページは一度閉じられた。

草野を面白いと思うようになったのはむしろ散文で、鱒書房から出た新書版の随筆『貧乏も愉し　火の車随筆』、『草野心平随想集　わが生活のうた』（現代教養文庫）あるいは交遊録的作家論『新編　私の中の流星群　死者への言葉』（筑摩書房）は抜群の面白さで愛読し、草野の人物としての大きさを知る。知れば知るほど、魅力的な人物なのである。一言で評すなら、中国で言う「大人」の器量を備えていた。

新潮文庫『草野心平詩集』初版時に解説を書いたのは豊島与志雄。草野の人物像について、簡潔にスケッチされているので理解を早めるため引いておく（一部、新字新かなに改める）。

「草野心平のことを、懇意な人々は心平さんと言う。親愛の気持ちをこめた呼称である。肉附き豊かな大きな顔に、ロイド眼鏡をかけ、口髭をたくわえ、そして蓬髪、こう書けば、なんだか寄り付きにくい人のようにも見えるけれど、知人を認めるとぐに、如何にも嬉しげな笑みを浮べ、なつかしげな眼色を漂わすところ、まさに心平さんなのである。その全体の風貌が、物事に拘泥せず、茫洋としている」

少し下地がついて関連の著作を周囲に集めると、草野心平を知る私の旅が始まった。

福島県いわき市の生まれのかみつき魔

草野心平とはいかにもいい名前で、一字ごとにポエジーを孕んでいるが本名。一九〇三（明治三六）年五月十二日に福島県石城郡上小川村（現在のいわき市小川町）で生まれた。一九〇三年生まれには、林芙美子、山本周五郎、小津安二郎、棟方志功、サトウハチロー、小野十三郎、片岡千恵蔵、それにルー・ゲーリックがいる。独立独歩で自分の仕事を成し遂げたユニークな人材を輩出した生年である。「上小川村」と題された詩を引いておく。

大字上小川

ひるまはげんげと藤のむらさき。
夜は梟のほろすけほう。

ブリキ屋のとなりは下駄屋。下駄屋のとなりは小作人。小作人のとなりは畳屋。
畳屋のとなりは鍛冶屋。鍛冶屋のとなりはおしんちゃん。おしんちゃんのとなり
馬車屋。馬車屋のとなりは蹄鉄《かなぐつ》の彦……。
昔はこれらはみんななかった。
昔は十六七軒の百姓部落。

静脈のやうに部落を流れる小川にはぎぎよや山女魚もたくさんゐた。

時代は明治から大正と新時代を迎えていたが、心平の故郷は江戸時代をそのまま継承する土地だったようだ。生家がありがたいことに保存公開されている。住所は小川町上小川字植ノ内六一一。生地の現・いわき市小川町は内陸にあり、いわき市と郡山を結ぶ磐越東線が生家のすぐ近くを通っている。周囲は現在でも田畑が広がり、山が迫っている。磐越東線は一九一四年七月に開通。小川町高萩に「いわき市立草野心平記念文学館」があり、「生家」は同館が管理する。私はどちらも未見。数年前、いわき市から郡山まで磐越東線を完乗したのだが、その時は草野心平を意識していなかった。残念である。以下、深澤忠孝による労作「草野心平年譜」(『現代詩読本　草野心平るるる葬送』思潮社/以下「年譜」と表記)の助けを借りて書き進めていく。心平は父・馨と母・トメヨのもと、次男として生まれた。長女の綾子、長男の民平が上にいた。のち次女京子、三男天平が生まれる。祖父・高蔵は県議会議員まで務めた地元の有力者。ただし父・馨は高蔵の妹と白井遠平(「炭鉱王」と呼ばれた)との間に生まれた庶子で、子のない高蔵に引き取られた。

草野家は小川町の地主で二町八反九畝四歩（約八千四百坪）の田畑を所有し、小作人に貸していた。多少の田畑は自耕し、少年の心平もひと通りの農作業を手伝わされたという。この農業体験が頭と言葉とは別の自然に対する感応精神を作り、のちまで重要なベースとなった。「蛙」も「富士山」もそこから育まれたテーマであった。人生の三分の二あたりまでは東京の都市生活者を続けたが、六十歳を前にして国立、秋津と郊外へ身を振り、土と戯れる生活を愛するようになる。

実祖父も義祖父も福島県で政治家も務める実力者であったが、父の馨は変わった人で「生涯定職を持たず、発想豊かな一種のプランナーであったらしいが、その生活は常に波乱含みであった」（「年譜」）。この主語を心平に代えてもそのまま通用しそうだ。心平は父の血を濃く引いている。

理由はよくわからないが、両親は姉と兄を連れて東京暮らしをし、子どもでは心平ただ一人がいわきの実家に残され、祖父母の手で育てられたという。幼くして捨て子のごとく養子に出された夏目漱石を始め、文学者の生い立ちが多く数奇であることは大きな謎である。祖父は心平を溺愛したようだが、両親と姉兄が不在で、一人とり残された寂しさと欠落感は、当然ながら感性豊かな少年に影を落とす。一九一〇年四月に地元の小川尋常小学校に入学するが、「鉛筆をかじったり教科書の一部を喰ったり癇が強くよくヒキツケを起した」という（「年譜」）。

後年、心平が開いた居酒屋「火の車」で板前として働いた同郷の橋本千代吉（心平より二十一歳下）が著書『火の車板前帖』（文化出版局のち、ちくま文庫）で証言している。父から聞いた話として、「その頃、『札場』にはわんぱくで、おかしな子がいた。年は四つか五つだろうか。女の子などが通ると、いつも四つ足の門跡あたりから弓なりに弧を描いてふっとんできたと思うと、いきなり『ガブッ』と嚙みつくのである。この強烈な咬癖児こそ、草野心平さんであった」。この暴挙を村人たちは怖れたが、小学校に上がっても先述の通り矯正されなかった。「心平さんの教科書はほとんど角がとれてなくなってしまっていたというのだ」。道で転んでそのまま人事不省となり、水をかけられて意識をとり戻すようなこともあった。

かみつき癖は幼児期によくみられる現象で珍しくはない。歯が生え始め、自分の思うようにいかないことや不満があっても、それを言葉にできない場合の解消法として他の子にかみつくという。しかし、たいていは幼児期の一過性のもので、小学校に上がってなおも止まないのは特異な例だろう。なぜ自分一人が（故郷に残された）という疎外感は多感な少年期の心平を苛んだと思われる。自分では統御のかなわぬ繊細な神経の持ち主でもあっただろう。

最初の東京そして中国

一九一四年八月、十一歳の時に心平は友人と一緒に上京している。上野で開かれた大正博覧会を見物するためだったが、両親や兄妹のいた新築の家（小石川区宮下町）に泊まった。姉はこの年四月に結婚、田端に居を構えていたが、ここにも宿泊。久しぶりに祖父母以外の肉親に触れた。東京大正博覧会は、東京府主催でこの年の三月二十日から七月三十一日にかけて開催された。入場者数は約七百五十万人と盛況だった。会場には日本初のエスカレーターが設置され、また不忍池にはロープウェイが架けられた。「畳屋のとなりは鍛冶屋」（「上小川」）という故郷に比べたら、まるでSFの世界ではなかったか。

一方、この頃より草野家を肺結核の猛威がふりかかり始める。心平が上京した年、母トメヨが罹患し、故郷に引き上げ奥座敷で療養生活に入る。翌年の一九一六年には長兄・民平も病状が進み、一月二十七日入院先の病院で死去（十七歳）。それを追うように二月二十四日には母も逝った（四十六歳）。八月十八日には、東京の長姉・綾子が夫の看病中に腸チフスに罹患し死去（二十二歳）。たった一年の間に肉親が次々と世を去った。このことは心平に深刻な影響を及ぼす。おそらく、次は自分の番だと考えたろうし、命を長らえた未来を想像できない上は今のうちにやるべきことをやろうと考えたかもしれない。不安のまま、ここから青春の航路が蛇行し始める。

一九一九年には磐城中学校の四年になっていたが、学校へ行かなくなる。心平は絵描きになりたいと漫然と考え、また山村暮鳥の詩集を読んだりしていた。学校を中途退学（ただし学籍上は五年に進級）し、東京へ出ていく。後妻のな於と住む父の家（小石川白山上）に同居する。翌年に慶應義塾普通部三年に編入するも半年ほどで退学。ここから草野心平の行動は大胆である。

一九二一年一月中旬、まだ十七歳だった心平は日本郵船「八幡丸」で上海へ渡り、そのあと広州へ。九月には嶺南大学に入学。途中、何度か帰国はするが四年にわたる中国生活を送るのである。画家を志した同時期の若者の多くが目指した外航先はヨーロッパ、とくにフランスであったが、留学先が中国というのは珍しい。

しかも最初に渡航を考えたのはハワイ。この案がつぶれ、次が中国だった。『わが青春の記』（オリオン社）によれば「東京から去りたい、どっか海の外へでも行ってみたいという願望が私のなかにめざめてきた」という。上京して一年ほどの滞在だったが、すでに「東京」に見切りをつけていたのか。

「蛙はでっかい自然の讃嘆者である／蛙はどぶ臭いプロレタリヤトである／蛙は明朗性なアナルシスト／地べたに生きる天国である」と、一九二八年に自筆謄写版以外では第一詩集となる『第百階級』（銅鑼社）の「序」に書いた。草野心平は最初から青白きインテリ候補の画家や詩人とはスケールが違っていたように思う。相手にするのは「天」であり「地」であった。

長い中国での滞留生活が草野心平に与えた影響は大きく、知り合った中国人たちと親交を結んだ。すさまじい勢いで詩作品を量産し、一九二三年の作品数は二百十編に達した。よほど中国の水が合ったと思われる。「偶然のきっかけで行っちゃったんだけど、性格に合ったんだな、中国が」と討議「命を燃焼させた単独者の詩と生」（『現代詩読本　草野心平るるる葬送』以下『読本』と表記）の中に、粟津《あわづ》則雄《のりお》が語る通りであろう。間違いないのは、中国で草野心平が「国際人」になったことである。そのことを次の河上徹太郎の文章で確かめておいて、あっさり筆は日本へ戻ることにする。

なにしろ、敗戦後の草野心平はあわただしく忙しいのだ。

「草野は『日本人とは』といふことは口にしない。何故なら彼は日本人だからである。彼は反日英運動の熾だつた広東でアメリカ系の嶺南大学にはひり、アルバイト学生だつた。そしてパーティで『君が代』を歌ひ、学生の拍手を受けた。彼はそこで詩と人間といふものを学んだ。彼の国際感覚はさうして身につけたものである」（『草野心平全集』第五巻月報「国際人草野心平」）。

理解の行き届いたなんとも立派な文章だ。ひと筆書きで中国における草野心平を言い当てていると私には思える。河上徹太郎と酒がらみのエピソードを『新編　私の中の流星群　死者への言葉』から紹介しておく。「多分」と前置きされるが中野重治の賞を祝う席でのこと。「その時彼は大分酔っていたが『おい心平、帰りは一緒に飲みにゆこう』といった。いうなりドンと私の肩を叩いたが、そのヒョウシにズドンと倒れ私もそのあおりをくって一緒に絨毯にころがってしまった」。一緒に酔って絨毯にころがった仲だからこそ書ける文章というものがあるのだ。

一九二五年帰国、そして東京

河上が言う通り、中国では排日運動が拡大、六月の「広州沙面事件」では暴動となり嶺南大学にも及んだ。身の危険を感じた草野は帰国の途につき神戸港に着いた。同じ船にはドイツから帰国する川喜多長政（映画製作者・輸入業者）が乗っていた。京都を経て東京へ戻ってきたのは十月だった。この年に大事なことは、中国で発行していた同人誌「銅鑼」の三号未製本を日本へ持ち帰り、製本するとともに同誌への同人勧誘の手紙を宮沢賢治と八木重吉に送ったことだ。

草野心平について語られる時、枕詞のように必ずくっついてくるのが無名詩人を発見し、世に送る手助けをしたことだ。先の二人もそうだった。

「草野さんは才能を見出すことに天才があった。（中略）宮沢賢治、中原中也をはじめとして、入沢康夫、渋沢孝輔からもっと若い人々に至るまで、草野さんは才能を見出すとほっておけない。これは自分の仲間だ、と感じてしまうような人格であった」（中村稔「心平書の表札」／『読本』所収）

宮沢賢治がいまや童話と詩の神様のようになって、何度も全集が作られ、各種文庫に収録され、研究者が門前市を成すにぎわいと人気をいまだ保つのは、まちがいなく草野心平の献身的な働きによる。とうとう本人と面会することはなかったが、相当量の手紙のやり取りがあり、盛岡の幾分変わった青年と中央を結ぶ強い絆となった。一九二四年の秋、中国にいた草野のもとに磐城中学の後輩より『春と修羅』が送られてきて読む。四月に出たばかりの第一詩集だった。読んで感動した。「現在の日本詩壇に天才がゐるとしたら、私はその名誉ある『天才』は宮沢賢治だと言ひたい。世界の一流詩人に伍しても彼は断然異常な光りを放つてゐる」と「三人」(一九二六)に書いた。バカな惚れようであった。賢治と文通を始め、一九二五年の「銅鑼」四号に賢治の作品を載せた。

「歴程」同人でもあった詩人の会田綱雄によれば「昭和十年に心平さんによって編集・発行された『宮沢賢治研究』を店頭においていた書店は、当時東京広しといえども銀座の三昧堂一軒だけだった。相当な読書人(プロ)でも宮沢賢治の名を知るものは極めて少なかった」(「ちくま」一九八九年一月号)。中原中也、横光利一は早くから賢治の才能を認め、中也の詩にその影響がみられるし、横光は全集の刊行を試みるがこちらは実現しなかった。とにかく「才能を見つける才能」が草野心平には備わっていたし、その名を世に出すため惜しみなく尽力した。このことはぜひとも書き留めておかねばならない。

さて長い中国滞留生活から帰国した日本、そして東京はどう映ったか。そのあたりを知る格好のテキストが『わが青春の記』所収の表題エッセイだ。前述の通り、船で神戸に着き、大阪、京都を経て東京へ。東京駅に迎えに来たのは中国人の黄瀛（四川省重慶出身。「歴程」同人）。受験のため来日して東京へ来ていた学生で、草野とは初対面。ただし中国時代に手紙のやり取りがあった。それだけのつながりで、九段下の黄の下宿に居候する。「曾寓」という表札のかかった二階家の階下にある八畳間に二つ布団を並べて寝た。表札の「寓」は妾宅を示す場合が多かった。「ひと月かひと月半位は一緒に暮らした」という。「居候の身でありながら割合呑気だった」と言うが、「ただ自分の内部にるいれきみたいなものがかたまっていて、落着きがなかった。どうやらそれは、五・三〇事件という血の動乱の洗礼をうけてきたものにとって、東京があんまり平穏無事でその落差を埋める手だてがなかったせいかもしれない」微妙な心境にあった。一九二三年に徴兵検査のために中国から一時帰国したが、九月には再び船上の人となったため、草野は関東大震災を経験していない。暴力的に破壊された東京を見ることはなかった。

草野は「並木と道路」(『火の車』所収)という文章で東京の並木を批判している。「街と樹木の性格の有機的関聯などてんで考慮に入れてない」とし、隅田川両岸にドロヤナギを植えることを提言する。そうすれば「四月の終り頃には柳絮《りうじよ》が飛び、隅田一帯には四月粉雪がふることになつただらう」。明らかに中国の春の風物詩ともいうべき、雪のように宙を舞う柳の綿毛(柳絮)を思い浮かべている。上海や広州を見てきた者の目に、それらモダン都市の映像が重なって見えたのかもしれない。草野は大正期のコスモポリタンであった。

また、同じ『火の車』所収の「東京一番の時」でも独特の視線で東京を切り取っている。

「東京の一番の魅力は銀座でも新宿でも浅草でもそして何処でもない。人が混み合つてゐるそのこと。そのことを、そのくせ皆んなにくんでゐる。にくんでる癖に人混みでなければなんとなく安心出来ない。といつて別に安心する訳ではなく只なんとなくぞろぞろと歩く」

論旨がくるくる変化する文章だが、言っていることはよくわかる。これは戦後の銀座を歩いた際の感想なのだが、見知らぬ者ばかりの雑踏の中で、人混みにまぎれながら孤独を感じ、同時にそこに溶け込む都会人の心性を言い当てているのだ。私はここに「上京者」ならではの視点を感じる。さらに草野は中国という外国を知っているため、俯瞰する目が重層化する。これは「いわき」の地主の息子として故郷に居座って、平凡な一生を終えていたら獲得できなかった「目」であった。

居候、間借り、極貧の生活

中国人青年の下宿の居候に再開された東京生活であったが、以後、一九六一年に国立で二年、六三年についに秋津で我が家を構えるまで、草野の住所は転々として落ち着くことがなかった。自身でも「年に二、三回引っ越しをするのは、私にとっては珍しいことではなかった」(『茫々半世紀』)と書く通り。戦後にかぎっても東京をベースキャンプに、何度か故郷へ戻っているし、浦安にも住んだし、妙見島という東京者でさえ行かない旧江戸川の中州にもいた。現在の練馬区石神井の御嶽神社の旧社務所にも長く住み、多くの友人が出入りした。東京以外にもこれは戦前だが前橋時代と呼ばれる長い極貧時代も経験している。このあたりのめまぐるしい住居遍歴を書き出すときりがない。

それにしても草野の場合は居候や間借りが多い。千葉県浦安にいたのは一九四八年。草野より二十年ほど前、浦安に住んだのが山本周五郎だ。故郷で食い詰め、小川郷駅前で貸本屋「天山」を開いていたところ、浦安の友人から手紙がきた。二カ月ほど留守をするので、その間住んでもらってもいいという。渡りに船で引っ越す。友人はそこで貸本屋を開いていた。店番がてらの自炊独居生活が始まる。この浦安へ串田孫一が訪ねている。八月十七日、藤島宇内と連れだって本八幡までは総武線、そこからバスに乗ったという。

「草野さんは畳に寝ころんで原稿を読んでいた。ひと間の間借生活で、入口に古本が幾らか並んでいるだけだった。部屋の中には机も何もなかった」と「浦安町猫実」(『草野心平全集』第五巻月報)に書く。もはや居候の達人であった。串田はそこで持参した弁当を食べようとしたところ、草野が玉ねぎ、トマト、卵、梨を刻んでサラダを作ってくれた。「このサラダが美味しかったことをよく憶えている」と串田が回想している。料理の腕はのち居酒屋「火の車」でいかんなく発揮される。

浦安の部屋には友人が還ってきて、旅館に移ったがお金がない。市川で医者をしていた中学の同級生・吉田磯司の口利きで浦安橋のたもと、妙見島の棟割り長屋に四畳半の部屋を借りた。机は蜜柑箱で本など一冊もない生活。家財道具がないので引っ越しは楽だった。「断捨離」などという寝ぼけた言葉が今では流行りだが、草野にその必要は最初からなかったのである。田舎へ仕送りするため、童話を書き、文芸誌に詩を載せた。金策のため東京（妙見島も東京だが）へ出る時はポンポン船に乗った。富士がよく見えたという。それがなんだか優雅に見えるから不思議だ。

東京へ出てきた時の常宿は、神保町「ランボウ」（現「ミロンガ」）の二階にある三畳間。経営者は二階にあった詩書出版社「昭森社」社長の森谷均で、ともに戦後文学史上、数々の伝説を生んでいくがここでは省略。『草野心平自伝　凹凸の道　対話による自伝』（文化出版局）でその時代のことを会田綱雄、山本太郎を相手に語っている。『「ランボウ」にいた野村というバーテンと僕と百合ちゃんで、食券を持って神田のすずらん通りへよく朝飯を食べに行ったものだ」とあるが、この「百合ちゃん」とは、のちの武田泰淳夫人の武田百合子（旧姓・鈴木）。山本も「百合ちゃんは第一回の『歴程』に出席したので覚えている。小柄で、べっぴんで、支那服を着ていた」と語る。みんな、武田百合子のことが話題になると我先に口を出すのがおかしい。「ランボウ」には山田久代もいた。当時二十七歳。わざわざ「年譜」にそのことが触れられているのは、この頃より正妻の「や満」と別居し、この久代との同居が始まったからだろう。詳しい事情は分からないし、私はあまり興味がない（妻・や満は一九七四年に死去）。とにかく後半生に連れ添ったのが山田久代であり、最後を看取ったのもこの女性だったということのみ書き留めておく。余計な付けたしになるが、草野は女性によくモテたそうだ。前出『草野心平るるる葬送』の討議で、宗左近が「心平さんがいかに女の子に好かれたりしたかということですねえ。心平さんは好きになって突進するし、魅力あるから、相手も受け入れるわけでしょ」と発言している。それに対し粟津則雄が「ただ、異様なほど恋愛詩のない人ね」と呼応。これは言われて初めて気づく指摘だ。さらに宗は続けて「つまり恋愛をほんとの意味でしてないんですよ。彼が身を滅ぼすほどのはね。生きものに対してしたかもしれないけど、トンビとか鯉に対しては。人間の女性に対してしてないですよ」と言う。これは草野の詩を考える時、核心となるテーマではないか。

居酒屋「火の車」

草野は戦後、昭和二十七年三月に本郷に近い小石川初音町で、昭和三十年四月に新宿角筈《つのはず》の闇市マーケットに移転して小さな居酒屋「火の車」を開いていた。本人に『火の車』『貧乏も愉し 火の車随筆』、板前だった橋本千代吉に『火の車板前帖』という著作があり、これがいずれも楽しい。都合五年間足らずしか続かなかったのだが、酒、ケンカ、友情に明け暮れた疾風怒濤の日々は、草野心平の分身とも言える店だった。どこから書こうか、わくわくして手がつかない感じさえする。まずはその前段として草野には「前科」があった。一九三一年というから昭和六年、麻布で屋台の焼き鳥屋「いわき」を始めた過去を持つ。「火の車」、もっとのちにバー「学校」と、いずれも経済観念に乏しく、開いてはつぶす典型的な「武士の商法」だった（「学校」は客が草野の遺志を継ぎ、二〇〇〇年代に新宿ゴールデン街で再開）。「いわき」の話も面白いのだが、ここは深澤忠孝の年譜から事実のみを拾っておく。

「五月、櫛田民蔵に五円を借り、佐藤春夫には一円、光太郎には空箱等を貰って麻布十番安田銀行前に、焼鳥屋『いわき』を開店。(中略)十月、家賃不払いの昼逃げをして、淀橋町角筈三一五(通称、十二社)に移る。『いわき』も、紀伊國屋裏に移る。光太郎夫妻、櫛田民蔵らが時々来る。『いわき』も思うにまかせず、壮絶な貧乏生活が続く」

屋台でさえ失敗したのだ。普通ならこれで商売には懲りそうだがそうはならないのが草野心平だ。本人の弁によれば「もともと私のいろいろ渦巻く夢を、少しづつ実現させたいために始めた『火の車』なんだから、当分は『火の車』を発展させるための夢の中にうづくまつてゐなければならない。／安くつてうまくつて栄養のある料理。これだつて一つの夢だ」(「居酒屋『火の車』四十六日」／「中央公論」一九五二年六月号)。「夢」だと言われてしまえばそれまで。反論しようがない。故郷のいわきで逼塞生活を送りながら、コンパスの針を東京へ向けたのは「胸を悪くしてはいたが、東京で店をやりたいということが一つ、それからもう一つは、なんとか酒の店を出したいというこことがあった。これが結局、東京へ出て来た基本的理由なんだな」と「対話による自伝」と副題のついた『草野心平自伝』で語っている。

また「私はこの『火の車』の夢を、もう足掛け三年追いかけている。けれどもその

火の車

赤提灯は、現実にはなかなか私に近寄ってこない」(『貧乏も愉し　火の車随筆』)とも書く。同著によれば、田舎(いわき市)の家が売れ、その代金の半分を開店につぎ込むことにした。そのことを文藝春秋社の佐々木茂索に話したところ「それはあぶない。『火の車』という小説のテーマが、まあそんなものが残るのが関の山だな」と笑った。これは半ば当たっていたのである。周囲も反対の声が多く、「反対が多いので却って私のアマノジャクは気をたかぶらせた」とのこと。まあ、しょうがないか。

「火の車」開店の挨拶状が残っている。

居酒屋火の車を三月一五日開店いたします。どうかお立ち寄り下さいますよう。まだガタガタしてますが、追追独特の安いうまい料理を味わっていただきたいと思いおります。

「火の車」の歌
きのふもけふも火の車。
道はどろんこ。
だけんど燃える。

夢の炎。

一九五二年三月　日

草野心平

何かあれば「歌」を作るのが草野の癖だった。校歌の類も多数作詞している。「歌」が心意気を示す旗印だったようだ。深井史郎がこれに曲をつけ「火の車」のテーマソングとなる。しかし「火の車」という店名はユーモラスで覚えやすいが、行く手の困難を暗示しているようだ。「もともと『火の車』という飲み屋をはじめようと思いたったのも生活が火の車だからだった」(『貧乏も愉し　火の車随筆』)というから確信犯でもある。

『火の車板前帖』に描かれる深酔乱酔泥酔の夜

しかしすべてにおいて常識外の酒場だった。ちくま文庫版『火の車板前帖』の帯には「激しく揺れる赤提灯。恐ろしい眺めだったに違いない。詩人文人大学教授に出版社主の深酔乱酔泥酔の夜。解放だ！解放だ！」とあるが、この「恐ろしい眺め」を見続けた男が橋本千代吉。草野と同郷で二十一歳年下（一九二四年生まれ）の千代吉は、戦後、故郷で魚の行商をしていた。これが運の尽きだ。中国から引き揚げてきた心平が千代吉と出会った。千代吉は初対面の印象を「ちょっと気取り屋で、人に侵させないような態度を何時でも持っているような人」と感じた。この若者、人間通であり隅におけない観察力を持っている。この観察力がいかんなく発揮されたのが『火の車板前帖』（以下『板前帖』）で稀に見る名著となった。小川村で心平はこの若者に「商売を始めたら、手伝ってくれるね？」と誘い、何気なく「ああ、いいですよ」と答えていた。それが小石川、新宿と流れていく「火の車」の濁流に飲み込まれることになるとは想像していなかったようだ。

『板前帖』に「火の車」のあった場所と店構えが正確に記されている。「当時の都電停留所、初音町で降りてそのまま電車通りを白山上のほうに向かって右側、徒歩二分のところで、わが『火の車』は産声をあげた」。現在の文京区西方一丁目、樋口一葉終焉の地の近くであろうか。東京大学のある本郷は隣り町。文学的臭気に満ちた抜群の立地であった。

「真紅の地に『火の車』と肉太に勘亭流で書かれたバカでかい提灯は、ちっぽけな店には不釣合いに、繁華街ともいえぬその界隈ではやけに目立つ代物だった」(『板前帖』)。店の奥に心平と千代吉が寝泊まりする四畳半、その奥にまた四畳半の三部屋続きが開店初日、店だけでは収容しきれず満杯となった。新宿「ナルシス」のマダムが駆けつけて手伝ってくれたが、この満杯の強者たちを相手にしたのがにわか板前の千代吉だ。心平と言えば、奥の座敷で唐木順三、筑摩書房社主の古田晁と酔っ払いながら激論中である。当時、筑摩書房は東大正門の向かいの裏筋に木造の社屋を構えていた。これも運の尽き。『板前帖』で暴れる酔漢の中で、主役がこの古田晁。数々の恐るべきエピソードが同著に乱立し燃え盛っている。

店を閉めてからも古田のストームがある。寝入りばなの夜明けに、表の戸を「ドン！　ドン！　ドン！」と叩くのは「言わずと知れた古田さん」で、この「古田流陣太鼓」が始まると千代吉は観念する。それから酒、酒である。その尋常ではない悪魔的な酔いっぷりに千代吉はこの人の悲しみを見た。当時、筑摩書房は苦境にあった。「当時での八千万円の借金を抱え、社員三十人への月給の遅配が続き、重役二人はお互いの財布をはたいてやっと一箱のゴールデン・バットにありつけ、奥さんのエンゲージ・リングまで売り、郷里の山林や家屋を担保に資金繰り」(『板前帖』)を背負い、創業当初飲めなかった酒を浴びるようになったのだ。私は源氏鶏太の小説タイトル『東京一淋しい男』を見る時、いつも古田晁のことを思うのだ。『火の車板前帖』の現物に当たって、ぜひそのあたりのことを玩味していただきたい。

そもそも詩人が酒場を開くべきではないのである。経済的「火の車」を解消すべく始めた店が「火の車」の回転を加速させたようである。草野心平は次第に店から遠ざかっていく。店の主人として収まっている人ではないから、連夜の酒宴に無理がたたった。声がまったく出なくなったこともあった。義妹が持つ蓼科高原の別荘で二カ月、独居自炊をしながら原稿を書いた。そのままおとなしく、執筆生活に専念すればいいのに今度は新宿に「火の車」を移転させ、また酒場稼業に舞い戻ってしまうのだ。一九五五年春のことだ。

新宿「火の車」は新宿区角筈一丁目一番地、和田組マーケット(闇市)の中で再オープンした。戦後まもない新宿駅周辺が広く「角筈」と呼ばれた。靖国通りからカーブして南下する都電の停留所終点が「角筈」。紀伊國屋書店のすぐそばだ。新宿闇市はどんな文献を繙《ひもと》いても書かれている通り、尾津組が支配するマーケットに始まった。

一九四五年八月十八日のことで、敗戦からすぐに焼け跡にバラックの店舗が建ち始めた。次いで西口に「保（安）田組」、南口に「和田組」が闇市を展開する。和田組マーケットは現在の武蔵野館西側からフラッグスに至る一帯を支配していた。約三百五十軒の簡易店舗が狭い土地に櫛比《しつび》して建ち並んだ。戦後の混沌としたエネルギーの象徴のような場所だった。

新宿「火の車」は小石川時代より店舗が縮小し、七、八人も入れば満員となった。ほかの店もおしなべてそうだった。われらが（と言いたくなるほど『板前帖』一冊でこの愛すべき若者と読者は親しくなる）橋本千代吉による描写を見ておこう。

「昭和三十年頃の新宿は、赤い安ネオンに射られ、日々夜々、まさに生身の人間臭がむんむんと立ちこめていた。／引っ越してまず驚いたことにはわが店の二階はやくざのお兄さんがたがたむろする、なにやら怪し気な所であった。どうやら麻薬をとりしきっていたものか、なにしろ一カ月に一度は『火の車』の二階めがけてどっとばかり手入れがなだれ込むのである」（『火の車板前帖』）

この名残を少しでも嗅ぎたければ、新宿駅西口大ガード近くの「思い出横丁」へ行くといい。「戦後から場所が変わることなく、店舗の狭小感・密集感もそのままに八

○店余が営業を続けているヤミ市跡として希少かつもっとも有名な場所である」（前出『ヤミ市跡を歩く』）。私も、上京して二年目に高円寺で暮し、中央線族となって新宿はよく利用したので、かつてはよくこの界隈に足を踏み入れた。一九九〇年代の東京に、まだこんな怪しげな場所がよくぞ残っているものだと驚いた覚えがある。

アーケード下の「天下堂書店」はエロ、文庫、雑本が一〇〇円から三〇〇円ぐらいで充満していた古本屋で時々、品切れになった文庫などを買った。二〇〇〇年代前半頃、気づいたら閉店していた。「思い出横丁」（みんな「しょんべん横丁」と言っていた気がするが）では、立ち食いそばの名店「かめや」で天ぷらそばをよく食べた。「かめや」は健在。

余計な話をしました。新宿「火の車」開店あたりから、詩人草野心平の動きがにわかに活発になっていく。これも深澤「年譜」によるが、新宿に「火の車」を構えた翌年一九五六年は、石川達三、川口松太郎、芹沢光治良《せりざわこうじろう》、田村泰次郎、中島健蔵、丹羽文雄、それに草野を加えた「竹林の会」を結成。現代詩人会幹事長に再任、詩壇の芥川賞と呼ばれるH氏賞選考委員、長年師事し薫陶を受けた高村光太郎の死去により全集企画が起ち上げられ編纂委員となるなど掛け持ちで役職に就く。訪中文化使節団の副団長として久しぶりに中国の地を踏み、知人たちと旧交を温めたのもこの年。あるいは季刊詩誌「季節」を創刊させるなど火のついた車のごとく多忙を極めた。詩碑の建立と除幕式、さまざまな講演、出版記念会、全集編纂、選考委員を次々と複数こなし名士となっていく。もちろん寄港地であった詩誌「歴程」の活動もひんぱんになされた。一九六二年には「宮中歌会始の儀」に列席。まるでお祭り男だ。

その反動ともいうべきか、「火の車」は一九五六年十二月、和田組マーケット解散により店を閉じる。小石川時代を含め、四年の寿命であった。これで店には懲りたかと思ったら、一九六〇年六月に、同じ新宿でバー「学校」を開店させている。年譜では「園生裕一郎と共同出資」とあるが、『草野心平自伝』を読むと草野は資金を出していない。校歌「学校」はちゃんと作り、店にも出ていたようだが、「初めは心平さんも店に出ていた。自分でもすぐこっちに来て飲んでいたが……」（山本太郎）といった調子だったようだ。「こっち」とは客側のこと。この時五十七歳。

「土」への回帰

「学校」オープンの翌年、一九六一年に国立町（現・国立市）中区二一一・保田方へ転居する。流れ流れて東京の西方へたどり着き、放浪詩人もようやく安定期に入る。もとはいわきの農地に育ち、子どもの頃より祖父の手ほどきで土に触れ、土に対する強い感応力があった。それがアパートや間借りの生活ではなかなか発揮できなかった。

国立はもと谷保村と呼ばれ、一面の農地であった。昭和の初めに東京商科大（現・一橋大学）を誘致したことをきっかけに発展した学園都市で、戦後、国立町となり草野が転居した数年後に市制化が実現する。ちなみに「国立」とは「国・分寺」と「立・川」の間にあるため、両方を取って名付けられた。現在では駅周辺は店舗や住宅で埋め尽くされているが、少し離れると、まだところどころに農地が残され、そこで採れたものを「くにたち野菜」として売り出してもいる。

国立では裏の空き地（西側に約四百坪、北側に約三百坪）を耕し、菜園を作っている。カボチャ、キュウリ、ナス、ネギ、ピーマン、時なしカブ、レタス、シソ、トウガラシ、バレイショなどを植えた。ところが「誰のもんだかわかんないけども、そこを耕しちゃったわけ、無断で」というのが実情だったと庄野潤三との対談（「文体」一九七九年春号）で語っている。まだのどかな時代だったのだ。この野菜作りが本格化するのが、冒頭にも触れた秋津時代だった。一九六三年九月二十四日「北多摩郡東村山町南秋津中沢七八八に土地を購入、新築の棟上式を行う」（「年譜」）。同年十月二十五日に家は完成。この資金はパートナーの山田久代が出したと言われる。そして一九八八年十一月十二日の死の日まで四半世紀を過ごし安らいだ。

「高家村」（詩集『日本沙漠』一九四八年に収録）という詩がある。若き日、中国で知り合った陳栄慶の招きで彼の生家を訪れた際の作品だ。その冒頭。

石井戸を曲ると竹藪。
竹藪を曲ると庭。
棗と槐。
泥壁と藁屋根。
これが陳栄慶のいまのかたちの生家である。

この風景に草野は魅せられた。「その時は子供たちが一緒だったので、なんだか、『僕一人だったら、この田舎にいたいなあ』と言うと、『どうぞ、いてください』と言っていた。あの時は——何かにちょっと書いたことがあるが、そこで晴耕雨読で晩年を過ごしたいという気持ちがあったよ」と『草野心平自伝』で感慨を漏らしている。およそ六十年前の東村山町南秋津は、その願望を満たす地ではなかったか。秋津町の地理的位置は冒頭に示した。秋津町とは……。

「奈良、平安時代に府中の国司として、都から来た秋津朝臣が、そのままこの地に住みついたことで、その名前から命名されたという説や、川沿いの低湿地のことを昔、『アクツ』とよび、柳瀬川沿いに低地があるこの地域を『あきつ』と呼ぶようになったという説などがあります。下沢遺跡などの古代住居跡群が示すように、すでに縄文時代には人々が村落を形成し、この地で生活をしていました」(東村山市ホームページより)

つまり古代より人が住み着いた暮しやすい土地だった。私は「秋津図書館」に草野心平コーナーがあることを知り、そこで全集や各種展覧会図録、草野の著書を参考にするために何度か通った。現在の秋津町は静かな住宅地。草野邸住所付近はバスも通

わず、途中、飲食店やコンビニなどの店舗もなかった。いわんや、草野が住み始めた六十年前はさらに鄙びた風景が広がっていただろう。家を建ててまもなく東村山は町から市になった。これは国立の時と同じ。

「市にはなったが、この界隈には私の家も入れて四軒、あとは昔からの百姓家がポツンポツンあるきりだった。五十メートル程の近さには水田が大きく展け、水田の北の雑木林からはカッコウの和音がきこえたりした」(『所々方々』)。それは故郷のいわきに近く、「高家村」に描かれた風景にも似ていた。草野の詩の全てに目を通したわけではないが、東京にいてコンクリートやガラス、鉄などの素材がほとんど見当たらない。初期詩編に「大ガラスの下」がある。しかし「天の無色の街道を。／キキキキキキキキ寒波は流れ。」とあるように建築素材としてのガラスではなく、地球を覆う冬空の比喩である。秋津時代のことは、犬や軍鶏、鳶など小動物たちとの交歓を綴った『小動物抄』(新潮社)でつぶさに見ることができる。

「陣陣寒い朝だった。玄と豚子を連れて東村山秋津の小径小径を散歩していた。径のへりには霜柱がたち、銀砂をまきちらしたような堅い土を踏んで私たちは歩いていた」と、いきなり書き出されて面食らう。「豚子」というからブタの子供を連れて散歩しているかと思いきや、これは老いたメスの甲斐犬「玄」の子供だった。相棒の牡犬は白毛のノラ犬で草野が保護し「千之助」と名付けられた。居酒屋に「火の車」と命名するぐらいだから、愛犬にユニークな名を与えるぐらいは朝飯前の詩人だった。「玄」と「豚子」を連れての散歩中、道で赤いトサカと黒い羽根の軍鶏を見つけこれも家に持ち帰り「スタン」と名付ける。「赤と黒」だからスタンダールだ。国立に住んでいた頃には、大きな鳶を紐につないで飼っていた。名は「高蔵」だが、もう驚かない。これらは今ふうのブームであるイヌやネコなどのペットというのとは違うだろう。愛玩の対象というよりこの地上に生を受けた者として同志に近い。

小石川「火の車」時代、店に迷い込んできた犬を千代吉が追い払おうとしたら草野が制止した(『板前帖』)。

「『な、なにをしてるんだ、早く閉めろ！』

飼い主に見つかったら連れて行かれてしまうじゃないか、といわんばかりなのである。

『犬だってニンゲンだ』

『？』

『ひもじいときはだれだって同じだ』

などといいながら、冷蔵庫に仕込んであったベロ（牛舌の醤油漬け）を出させ、そいつを与えながら何やらしきりと話しかけているのである」

なんともいい話じゃないか。「犬だってニンゲンだ」は名言である。そして、本当にその通りにして草野は小動物たちと付き合った。池には魚（もちろん名前をつけた）を放ち、庭の枝には小鳥たちが集ってきた。ことさら、ここが「東京」という意識すら、すでになかったかもしれない。一つ年上の詩人・中野重治は「東京というところは兇悪な都会だ／その兇悪さは　影のように忍びこんで来る煤やほこりに映じている」（「はたきを贈る」）と詩にしたが、草野の東京にそのような抑圧はない。

町の名を「五光」と命名

草野は秋津で思う存分手足を伸ばし、本格的な菜園を作った。

「いい年をしながら私は、もう二十年も野菜作りを続けている。いままで作った野菜は四十一種類ある。その畑で、というよりは畑のへりで毎年一番先に咲く花はオオイヌフグリ。薄群青のこの花を私は好きだ」（『小動物抄』）。前出の「文体」対談で庄野潤三相手に畑のことも語っている。「僕もとうもろこしは、今年はつくんなかったけど、いまあるのはね、ちりめん高菜と、さやえんどうと、それからあかまる二十日大根」。これらが酒のつまみとなった。「あの赤い二十日大根を、ただ塩をつけて食べればいいでしょ」と自然に逆らわず生活している日々が見受けられる。「火の車」でも、こうした自在な創作料理が客にふるまわれたのだ。

秋津時代に出た詩集『玄玄』（筑摩書房、一九八一）から一作、「料理について」という詩を引いておこう。

「ゼイタクで。／且つ。／ケチたるべし。／そして。／傳統。／さうして。／元來が。／愛による。／發明。」（引用者注「そして」と「さうして」はママ）

草野はこうして新しく得た別天地に「五光《ごこう》」と名付けた。これは「花札」の用語で、松、桜、薄、雨、霧と二十点札が五枚揃った出来役を指す。つまり「百点満点」の土地だったのだ。

「五光」はその後一人歩きし、文藝春秋発行の『文藝手帖』の住所欄に「東村山市南秋津五光」と掲載されたため、「五光」の宛先で郵便物が届いたりした。「そのうち水田はグラウンドに変わり、あたりに新築の家が充満し、雑貨屋、八百屋から美容院なんかも出来、到頭、五光自治会という、昔の隣組的組織ができた」(『小動物抄』)。このあと、「五光」はさらなる展開を見せる。

一九七一年六月、地元の人の働きかけで草野宅からほど近い、柳瀬川に架かる秋津橋のたもとに記念碑が建てられた。草野の字で木柱に「五光」そして脇に「光あまねし」と書かれ署名が入った。しかし木材に墨で書かれたため、次第に墨痕が薄れていった。そこで草野の死後あらためて、今度は石による「光あまねしの碑」が、ほぼ同じ場所に建ち、現在でも見ることができる。

文章を読んでいると酒に強くタフに見えるが、六十代に入ったころから、胃潰瘍で隔年ごとぐらいに入退院を繰り返す。一九六九年には手術をし、胃の三分の一が切除された。長年の暴飲がたたったのだろうか。一九八七年秋には文化勲章を受章。伝達式には車椅子での出席となった。勲章と勲記を渡したのは中曽根首相だった。翌八八年十一月、風邪気味の日が続き、「十二日、ベッドに腰かけている時、急に顔色が変り、救急車で所沢市市民医療センターに運ばれたが、三時四十分、急性心不全のため死去」(「年譜」)。享年八十五。翌年、骨は故郷の菩提寺「常慶寺」に納められた。明治、大正、昭和と巡り巡って、故郷の土に還った草野心平だった。

（左）「光あまねしの碑」。草野心平の文字で刻まれた石碑。「東村山30景」にも選ばれている。東京都東村山市秋津町。

（下）秋津図書館には「草野心平コーナー」。全集や展覧会図録などが揃う。

これが私の東京物語

岡崎武志

1

二〇一六年の年賀状を書いていて、いつもそうする通り「上京して〇〇年」という記述に至り、一瞬とまどった。あれ、何年になるんだっけ？　計算はじつは簡単で、大阪よりの上京は、西暦一九九〇年三月のことだから、現在の年数からそれを引いて「一」足せば、「〇年」という答えが出てくる。つまり、二〇一六年春で私は上京二十七年目だった。今年（二〇二三）六十六歳になるから、まだ関西時代の方が長いが、近く東京時代が逆転する（それまで生きていれば、という話だが）。

そう考えると、じつにはるばると歩いてきたものだなあ、と感慨がある。単著のデビューが一九九八年の『文庫本雑学ノート』（ダイヤモンド社）で、九二年にフリー生活に入ってから七年目のことだった。すでに年齢は四十一歳。遅いデビューだ。以来、共著や編著も含め、単行本、文庫、新書合わせて三十冊は出してきたのではないか。

部数でいちばん売れたのが、おそらく角田光代さんとの共著『古本道場』（ポプラ社、のちポプラ文庫）。増刷数で言うと、七刷まで伸びた知恵の森文庫（元本は光文社新書）『読書の腕前』だと思う。後者は今をときめく芥川賞作家の又吉直樹氏の顔写真付帯文が効いた。『古本道場』は、単行本が出てすぐ直木賞を受賞した角田さんのネームバリューによるもの。考えたら、又吉さんも『読書の腕前』が出た数カ月後に、お笑い芸人として初の芥川賞受賞という快挙を成し遂げた。

そう考えると、私には一種の「運」があるのだと言えるし、逆に言えば、「人の褌《ふんどし》で相撲を取る」典型である。そのほかで大ヒットした作はなく、いかなる名の受賞歴（候補にさえなっていない）もない。輝かしき文歴は何も持たないのである。素浪人という言葉が思い浮かんだが、拠るべき主人も城も藩もなく、ペンという刀一本でフリー街道をひたすら歩いてきたわけだ。本当に、我ながらよくやってきたものだと思う。

二〇一六年（執筆時）に届いた年賀状は、ちゃんと数えたわけではないが、百五、六十枚ぐらいで、三分の二は上京後にできた知り合いからのものだ。大阪にそのままいたとすれば、たぶん知り合えなかった人たちで、人生の不思議を感じざるを得ない。

妻の実家からの援助があったとはいえ、四十代半ばで、二〇〇三年に新築の一軒家を都内（二十三区外）に買った。増え続けた本のために買ったような家で、二十一畳分の地下室つき物件が売りだった。ローンを払い終わるのは、七十代か（注記／私の計算違いで六十四歳でローンは完済）。それでもとにかく、フリーライター稼業で二十三区外とはいえ東京に家を一軒持つというのは、客観的に見ても大したもので、そのためにやっかみ半分の陰口を人伝えに聞いたこともあった。実情は経済的に火の車で、いつも税金や保険料の支払いに四苦八苦している。海外旅行へも十年以上行っていない。妻子はいるが「素浪人」という気分はいまだ変わりない。

とは言っても、のたれ死にを覚悟して上京した時に思い描いた未来像より、はるかにレベルが上であるのは確かだ。一九九〇年春、ちょうど三十三歳になった頃、徒手空拳で東京に近い埼玉県戸田市に住み始めた頃、行く手は真っ暗な道であった。夢は、自分の名前を冠した本を一冊出すこと。それが夢に終わる可能性は、パーセンテージとして、実現よりはるかに高かったのである。

2

考えてみれば、どうひいき目に見ても、うまくはいかない出発だったと思う。私は一九五七年三月、大阪府枚方市に生まれ、物心つく頃には大阪市内北区にいて、小学三年の途中で、また枚方市に戻る。市内を二度転居し、中学を三校渡り歩き、京阪沿線にある守口高校を卒業した。一年時の同じクラスに、のち京都で「古書善行堂」を開く山本善行がいた。謙遜ではなく、私はどこといってとりえのない若者だった。卒業して二十年ぶりぐらいに、中三のクラスの同窓会があった時、Yという同級生から「きみ、名前なんやったっけ？　同じクラスやった？」と言われたことがある。私はYのことを顔も名前もちゃんと覚えていたから、つまりはそういう存在だったのである。

幼い頃からひと一倍臆病で、気が弱く、運動神経は甚だ劣り（特に球技、走るのだけは早かった）、頭脳も優秀とは言えなかった。相当早くから、周囲の同級生に比べ「劣等」を意識していた。将来、何か特技を発露して成功したり、人の上に立つ仕事をする姿がとても想像できなかった。可愛い自分の名誉のために、何か少しくらいはいいところを探してやりたいが、せいぜい挙げて、絵を描くのと文章が巧かったこと、ユーモアがあったことぐらいか。人を傷つけたりもしない。少なくとも周囲から嫌われるような存在ではなかったはずだ。教師にも恵まれ、いいところを見つけてもらい、それをよく伸ばしてもらったと感謝している。例外は小学校三年の担任で、なぜかひどく憎まれ、生涯の傷として残る屈辱を受ける（中途で私の方が転校して助かった）、通知表に「性惰弱にして覇気がなく」とボロクソに書かれたことは、いまもって不審で腹が立つ。

　幼き日から青春期にかけて、華々しく胸を張るような場面が思い出せず、時々今でも何かの折りにふと甦るのは、たいてい哀れで滑稽な屈辱的場面である。庄司薫『赤頭巾ちゃん気をつけて』の由美ふうに言えば「舌かんで死んじゃいたい」だ。

　二つ上に姉、七つ下の弟、十歳下の妹がいて、私は長男だったが、まことに頼りない存在だった。そのことを母や姉弟のために申しわけなく思う。

　父は小学校卒で、岡山から大阪へ出てきて同郷の母と結婚し、長く紡績工場に平社員として勤めていたが、三十三歳のとき独立し、鉄を売買する仕事を始めた。念願の独立独歩の環境を得て、張り切って働いていた。人を雇うようになり、トラックを買うなど多少の事業の拡大に合わせて、転居を繰り返した。私が中学校を二度転校しているのはそのためだ。

高校二年の夏、仕事上の事故で父は死去。まだ四十二歳という無念の死であった。友人と夏休みを利用して旅行中の私は、家に戻ったらお通夜の最中で、初めてそこで父の死を知った。時空がねじれたように、その日から別の人生が待っていた。働き盛りの父を突然失った一家の苦闘がここから始まった。また、そのことが弱い私の一つの転機であったと思う。早くから自立、自助が求められた。上京する遠因がここにある。母は再婚せず、そのまま私たち四人の子どもを無事育ててくれた。ねじまがらず生きて来られたのは楽天家で向日性の母のおかげである。

高校時代からフォークソングにかぶれ、ギターを弾き始め、下手な歌を作り始める。漫画を描くのが好きで、同級生や教師を似顔絵にしてコマ漫画をノートに描き、授業中に回覧され、それはけっこうウケていた。漫画家になろうと思っていた時期もあったのである。

同時に文学の世界に目覚めていった。図書室で借り出した、大江健三郎や遠藤周作、北杜夫、そして第三の新人と呼ばれる現代作家に親しむようになる。大阪市旭区の千林・今市商店街に点在した古本屋へ通い始めるのもこの頃からだ。古い文庫本なら、まだ四十円、五十円ぐらいから買えた時代だ。自分の本棚を持ち、そこへ買った本を並べて、蔵書が増えていく喜びも知った。

時代は七〇年代初頭、私が熱心に親しむテレビドラマも、現代小説も、歌謡曲やフォークソングで歌われる風景も、ほとんど描かれるのは東京中心であった。ドラマで言えば、石立鉄男主演の『パパと呼ばないで』(一九七二年)は、いま考えると中央区月島、佃界隈がふんだんに登場し、小倉一郎主演、山田太一脚本『それぞれの秋』(一九七三年)の主題歌オープニングシーンに映るのは多摩川に架かる丸子橋であり、東横線沿線が舞台になっていたのだが、関西在住はもちろん、どこがどこやら想像もつかなかった。

関西圏にいたから、テレビ・ラジオでは、けっこう大阪弁が飛び交っていたが、テレビのゴールデンタイムなどで映し出されるドラマや歌番組は東京発で、地方出身の歌手たちも標準語を操っていた。「東京」が少しずつ、憧れの存在として自分の中で領土を拡大していくのを、十代終わり頃までに意識していた。

3

　最初に強く「東京」を意識したのは、これまでにも書いたことがあるが、漫画雑誌「COM」に一九六七年から連載されていた永島慎二「フーテン」であった。みんなに「ダンさん」と呼ばれる中央線「阿佐ヶ谷」に住む漫画家が、主に新宿を根城にフーテン生活をする仲間と交流する。著者自身のフーテン生活をモデルにした私小説的漫画であった。私はこれを小学校高学年から中学生の頃、後追いで愛読していた。ここで永島の描く詩情あふれる「新宿」が目にやきついた。とくに一ページを一コマに使った新宿ビル街の夜明けのシーンにしびれた。

　後年、大学生になってから、東京へ毎年のように遊びに行くようになって、まず最初にしたのが、新宿で深夜映画を観て、夜明けを体験することだった。ここに、中村晃子歌う「裸足のブルース」（一九七一年）の三番「白い夜明けのシンジュク　夢につかれて歩く」がかぶさるのだった。萩原健一主演のドラマ「新宿さすらい節」の放映が一九七四年。くわしくは覚えていないが、新宿三丁目あたりの都電の引き込み線がよく映っていたような気がする。よって、私にとっての最初の「東京」は新宿だ。

あとは、中央線沿線の中野、高円寺、阿佐ヶ谷、吉祥寺といった街が、フォーク伝説の舞台となり、各駅名とともに記憶された。吉田拓郎「高円寺」は、「君は何処に住んでいたのですか? 高円寺じゃないよね」と町名をそのまま使用した歌詞で、かつて拓郎が住んだこの街の住人になることが、上京する際の大きな目的となる。これは実現できた。

しかし、少なくとも大学生までは、自分が将来において東京の住人になるということは、夢にも思わなかったと思う。それを実現させたのは、ある意味、非常に消極的な理由で、そうせざるを得ないような事態に、自分の怠惰が追い込んだのであった。

私は二年浪人して、立命館大学の二部(夜間)人文学部日文コースに入学する。すでに父親は亡く、経済的にも困窮していたので、働きながらの通学ということになる。大学入学時より、授業料、下宿代、生活費と遊興費はすべて、自分の手で稼ぎ出していた。それでも「文学」と名の付くものに所属したかったのだと思う。

昼間は四条大宮「西友」で朝から働き、夕方、大学へという四年間であった。しかしこれは楽しかった。同級生ながら年齢も職業も出自もバラバラという友達が大勢できた。仲間と青焼きコピー刷りの同人誌を作り、小説、エッセイ、詩などを発表した。かなりこの頃、「文学」の毒が回り始めている。

我々の学年は、Mというリーダーの統率のもと、結束したチームのようなクラス編成が出来上がっていて、みなで教師になろうと発奮、努力し、卒業後、中学教師を多く輩出した。立命館大学夜間部の歴史でも珍しいクラスと言われた。私はそこから脱落し、しかし卒業後のあてもないまま、仲間と三人で、卒業後に教職単位を取るコースを受講するため大学に残り、高校教師を目指すようになる。

しかし、「劣等」と「怠惰」から容易には抜け出せず、受験勉強もロクにせず、本を読んだり、ジャズを聞いたり、映画を観たり（「京一会館」！）のモラトリアム的生活を送るだけの日々になっていた。二年後に教員免許を無事取得し（これは簡単）、採用試験を受験した仲間二人は中学校の教員となるが、高校を選んだ私だけ失敗し、置いてけぼりとなる。

常勤講師として大阪府内の公立高校へ通い出したのが一九八三年か。この頃は滋賀県浜大津に在住。以来、毎年赴任校が変わる講師生活を七年間続けた。最初の二、三年は、正式教員になるつもりで採用試験を受け、二次面接まで進んでいたが、そのうち採用の倍率が上がり、一次で落とされるのが常態となる。最後の数年は、もうすっかりあきらめていた。もう、行くも戻るも手遅れの、どうしようもないぬかるみ道に足を踏み入れた三十歳だったのである。賭けごとや悪い遊びをしないのが、唯一の救いというぐらい。

4

ぬかるみに足を取られつつも、関西の有力詩人たちが創刊させた「ブラケット」という雑誌の創刊に立ち会い、編集を手伝うことになった。私はそこで特集を企画し、コラムを連載するようになる。これが第二の転機であった。一挙に、教師仲間とは別の交友関係が広がり、雑誌作りの楽しさを知るようになる。この時、自分のなかで、文章を書くことと雑誌作りの快楽という未知の領域があることを発見する。

教師という仕事はやりがいのある、好きな仕事だったが、正式な教員にはこの先、どうがんばってもなれそうもない。かといって他に特別な資格や特技もなく、三十を過ぎて、まともな職に就けるとも思えなかった。将来の選択肢が限られてきたと気づいた時、破れかぶれで、もっとも無謀な道（まわりからもそう言われた）を選んだ。それが「文章を書く」ことを仕事とし、そのために東京へ出ていくことだった。どうせダメなら、いちばんやりたいことに挑戦して、失敗したら散っていってもいい。そう思った。

決断してからは早かった。独身だったし、引き止める何物もすでに大阪にはなかったのである。京都に一人暮らしする母に、事情を話して決心を告げて了解を得た。「双六」で言えば、途中まで進みながら、「ふりだし」に戻る気持ちで大阪を後にした。それが一九九〇年三月末のことで、元号は「平成」に変わっていた。上京することを考え始めた一年前、大阪駅環状線ホームで、駅の売店に刺さったスポーツ紙一面に、「マンガの神様　手塚治虫死す」という文字が大きく躍っていたのを震えるような思いで見たのを、いまだによく覚えている。チェンジの年であった。

大阪に居を残しながら、三月初めだったかに東京へ行き、池袋の不動産屋に飛び込んで、とりあえず新しい住居を決めた。池袋を選んだのは、東京へ遊びに来た時、必ず立ち寄るのが池袋だったからだ。池袋パルコにあった詩書専門店「ぱるこ・ぱろうる」を覗いたり、池袋演芸場で落語を聞いたり、古本屋を巡ったりと、この街に土地鑑があった。希望は中央線沿線だったが、本が大量にあったから一部屋では足りない。

最低二部屋が必要で、駅からは多少遠くても構わない風呂付き物件。そんな条件を出して、家賃は七〜八万と言うと、不動産屋は首を振り、「あんたの言うような条件では、東京には住めないよ」とつれなく答えた。

その日のうちに引っ越し先を決めて、日帰りで大阪へ帰るつもりでいたので、ゆっくり物件を吟味したり、別の不動産屋をあたったりする余裕はなかった。条件に合うのは、と不動産屋が探し出し、車に乗せて連れていってくれたのは荒川を越えた埼玉県戸田市、最寄り駅は埼京線「戸田公園」という、見たことも聞いたこともない町だった。物件は軽量鉄骨二階建てのアパートで、建ってまもないらしく、まだ新しかった。洋間と和室二部屋に、キッチンのついたリビングのある風呂付きで、新婚向けといった仕様であった。

上京したつもりが東京ではない。見たことも聞いたこともない戸田という町。そのことへの不安と不満はあったが、知らない土地で何かを始めるのに、あれこれ言っていられないと即決した。正確な家賃までは覚えていない。八万円ぐらいだったろうか。

それまでも、大阪、京都、滋賀と何度か引っ越しはしてきたものの、関西から遠く距離を置き、知る人もいない土地というのはこれが初めて。新生活の期待よりも不安の方が大きかったはずだ。

5

あとは大阪の住居の後始末。エレベーターのないマンションの四階だった。ベッドやステレオなど、大型の荷物はすでに処分していた。溜まりに溜まった蔵書も、大阪の古本屋さんに二回に分けて買取に来てもらって半分以下に減らしていた。それでもまだ数千冊はあったと思われる。

引っ越し業者に見積もりをしてもらったところ、当時で三十万とか四十万といった高いのか安いのかわからぬが、これから上京してからの生活を考えると、とても払えない額を提示されあきらめた。トラックを運転できる免許を持つ大学時代の友人Ｉに相談すると、「よっしゃ、わしが運転していったる。レンタカーで車も借りてきたる」と頼もしいことを言ってくれ、これまた友人四、五名を手配し、すべて自分たちの手で引っ越しの荷物（ほとんど本だけ）をトラックに積み込んだ。そこで友人たちには別れを告げ、運転手のＩと助手席の私と、二人きりで東京方面へ向けて出発したのであった。

大阪を発ったのは昼過ぎ。名神、東名と高速道路を乗り継ぎ、同じフォークソング好きの友人と知る限りの歌を放吟しながら夜通し走ったあげく、戸田の新住居に着いたのは日付の変わった明け方だった。早朝に引っ越しの荷物を運び込むのは、いささか近所迷惑になる。新居で仮眠を取り、目覚めてから、近くの「吉野家」で朝食を食べ、今度はたった二人で荷下ろしをした。レンタカー代とガソリン代以外は、ちゃんとしたお礼もできず、その友人は「ほんなら、まあ元気でやれや」と言葉を残して、空のトラックで大阪へ引き返していった。

いま考えたら、Ｉのやってくれたことは、ただ大変なだけの無償の行為で、逆の立場で私が同じことを依頼されて、首をタテに振る自信がない。彼がいなければ、十倍近い引っ越し費用がかかったはずで、その後のつき合いは薄くなったが、その恩にただ頭を下げるしかない。

とにかくこうして、上京のつもりが埼玉だったという瑕瑾《かきん》はあるものの、新しい町での新しい生活が始まった。しばらくは教師時代の貯金があり、なんとか職がなくてもやっていけそうだった。川の向こうにはまちがいなく東京がある。それまで新幹線で大阪から数時間かけて出かけてきた新宿や神保町や高円寺が、手の届くところにある。これは想像したよりうれしいことだった。この僥倖をしばらく楽しんだような気がする。

足代わりに酷使していた原付スクーターを荷物と一緒に積み込んできたので、これを使って川を越え、毎日のように東京へ出かけていった。腹ごしらえに「吉野家」で昼飯の牛丼（一九九〇年当時、「並」が四百円）をかき込みながら、これから向かう東京のことを考え、つい顔がほころんでくる。「吉野家」をよく利用したのは、知らない土地で、知らない飲食店に入るのに勇気が要ったからである。事実、お品書きや注文の仕方など、微妙に初心者を惑わした。大阪では「レーコー」、東京では「アイスコーヒー」、東西の「たぬきそば」の違いはその一例。そんなトラップが随所に仕掛けてあった。カウンターに座り「並」と二音、発語すれば直ちに望みのものが、望み通りの味で出てくる（現在では多種品目で注文も複雑化）。「吉野家」は上京初心者にはありがたい店だった。

次のエピソードを話すと、「また、岡崎さん、話を作って（笑）」とあしらわれてしまうのだが、これは本当のことである。喫茶店で「コーヒー」を注文するのに、発音でとまどったのだ。大阪では一音一音をはっきり、やや伸ばし気味に「こおひい」と発音する。東京では違うのではないか、と思ったら、舌がつり、「コフィ?」「カフィ?」と下手な外国語を操る気分になってしまった。考えたら、「コーヒー」と注文することは稀《ま》れで、「ブレンド」あるいは、「ホット」「アイス」で、話は通じるのである。

これまた東西の違いを指摘される場合の定番ネタで、食傷気味かも知れないが、そばつゆの黒さにも驚いた。上京する前、毎夏に東京へ古本行脚に来ていた時に、JR新橋か有楽町駅ガード下の立ち食い店で、天ぷらそばを注文したら、出てきたものは、まず「真黒」という印象でたじろいだ。一緒に頼んだ白ゴハンに添えられていたのが紅しょうが。これもまったく予想だにしない事態で、この「赤と黒」が、一つの「東京」だと肝に銘じたのであった。汁の黒には、次第に慣れ、そばには関西の薄い色よりこっちの方が合うと思うまでになったのだから、慣れは恐ろしい。

初めて「チューハイ」なるものを飲んだのも東京で、これは上京する前のこと。東京の大学へ通う友人の下宿が荒川区町屋にあって、一緒に酒を飲むために駅前の居酒屋に入ったところ、その飲み物を知った。友人はすでに知っていて、彼の注文にならって、私もおそるおそる飲んでみたら、これが飲みやすくてうまい。たちまち「チューハイ」のファンになった。そうか、藤子不二雄Ⓐ『まんが道』でおなじみの「トキワ荘」特製「チューダー」はこれのアレンジかとうれしくなった。一九八〇年前後のことかと思われる。爽やかで透明で泡が立つこの飲みものを「東京」の味だと思った。

6

そんなわけで四月から六月にかけての約三カ月、毎日のごとくスクーターを駆って、チータカタッタと川を越えて東京へ、古本屋（古本市）、映画館、寄席などを巡って毎日を過ごしていた。毎日が東京という浮かれた放埒《ほうらつ》が風呂の栓を抜いたようにとめどもなく流れ、ついに貯金の底が見え始めた。そこで、メディアハウスという小さな雑誌編集社にもぐり込み、手取り十七万円（賞与なし）の月給取りの生活に入る。

ここいらのことを書き始めれば、たちまち一冊の本になるので割愛。いまでも惜しかったと思うのは、もっと東京という街全体に愛情を注いでいれば、まだ間に合った建築物が一九九〇年代初頭に多数あったという点だ。

私が大学時代、夏休みを利用して東京へ遊びに来た一九七〇年代末、考えてみればまだ、有楽町に円形の「日劇」（日本劇場）ビルがあった。これははっきり記憶にある。芸能やショービジネスに関心のあった私にとっては聖地の一つ。しかし、ついに中へ足を踏み入れることはなかった。一九三三年竣工で戦災を免れた有楽町のメルクマールも、八一年に解体されている（現・有楽町マリオン）。目撃しておいてよかった物件の一つだ。上野の老舗寄席「本牧亭」は少し緊張しながら出かけ、名物の下足番のおじいさんも見た。畳敷きの客席で、みな壁際に背をもたれかけ見ている常連に混じり、真ん中に座り、落語と講談を聞いている。柳家小ゑんの新作「ぐつぐつ」が妙におかしく、印象に残った。

代々木駅前に、ドラマ「傷だらけの天使」に登場する、ショーケン（萩原健一）が屋上のペントハウスに住むという設定のビル「代々木会館」が現存しているのには驚いた（二〇二〇年一月に解体）。本当の駅前の一等地で、ドラマ放映時にすでに古びていたビルが、四十年を経て、よもや壊されずに残っていたとは。

しかし、私が上京した一九九〇年春に、その気になれば間に合った各地の同潤会アパートなどは、原宿表参道、代官山、上野下以外はついに拝むことなしに終わった。たとえば江東区白河の同潤会清砂通りアパート（一九二七年竣工、通称・東大工町アパート）には、私が好きな洲之内徹が若き日に住んでいた。同じアパートには、のちの社会党委員長で、演説会の壇上で右翼少年・山口二矢《やまぐちおとや》に刺殺される浅沼稲次郎もいた。写真を見ると、交差点角に、まるで要塞のごとき威容で、あたりを睥睨《へいげい》するコンクリート建築を、ぜひこの眼で見ておきたかったのだが……。私が愛用する『東京山手・下町散歩』（昭文社）は二〇〇七年刊行（改訂ごとに買い換えた）だが、ここには清洲橋通りと三ツ目通りが交叉する角に「旧同潤会清砂通りアパート群」と赤字で記されている。この地図を片手に、二〇〇〇年代後半から、私は意識して東京中を歩くようになった。じゅうぶん間に合っていたのだ。そのことに気づいた時「ああ！」と天を仰ぐような後悔にさいなまれる。

月島埋め立て地である晴海の公団「晴海団地」も間に合った口で、この前川國男によるモダンアパートは、種村季弘がかつて住んでいてエッセイ等に登場する。月島へは、フリーライター時代、校正の仕事で勝鬨橋たもとのイヌイカチドキビルへしばらく通っていたから、足をちょっと延ばせばすぐだった。一九九六年から七年にかけて取り壊されたというから、その気になれば見ることができたのだ。

まあ、こんなことを書き連ねてもきりがない。この「東京」熱で建物探訪の面白さを得たのが大きかった。熱いまま大阪へ持ち帰り、海野弘『モダン・シティふたたび

――1920年代の大阪へ』(創元社)をテキストにして、モダン建築を訪ねて大阪中を縦横十文字に歩き回ったりもしたのだった。これも大阪時代には経験したことのない、上京の産物であった。

7

上京後、勤めた雑誌社は新宿区片町のマンションの一室にあった。最寄り駅は都営新宿線「曙橋」駅。マンションのすぐ裏手が警視庁第五機動隊の敷地だ。この一帯、市谷の台地と四谷の谷間に位置し、両側に坂が迫る川底みたいな町だった。大阪者には珍しい起伏のある土地でスリリング。靖国通りの頭上を交叉する新五段坂に架かる曙橋の鉄橋は、リベット打ちの分厚い緑色の鉄骨が薄暗がりにさらされ、ちょっと現代美術っぽい風景を呈し、よくドラマや写真の撮影で使われていた。

当時新宿止まりだった埼京線と都営新宿線を乗り継いで、この場所に通っていた。毎朝、とにかく向かう場所と温める指定席が東京で出来たことは、心細い私を安心させた。この編集部時代のことも、くわしく書けば一冊の本になってしまう。「東京物語」ということを意識してつけ加えておけば、一九九〇年には、まだすぐ近くの河田町にはフジテレビがあった。私も何度か取材のため、社から歩いて出かけた。曙橋駅からフジテレビへ向かう「あけぼのばし通り」は「フジテレビ通り」と呼ばれていた気がする。通りへ入ってすぐのところに中華「珉珉」があり、これが関西にもある中華チェーン「珉珉」の系列店かどうか自信はなかったが、知ってる店名というだけでうれしく、よく食べた。「タンメン」が美味いなあ、と思っていたら、フジのテレビ番組「とんねるずのみなさんのおかげです」で、石橋貴明が「『珉珉』のタンメンが美味いんだよなあ」と発言し、「おお！」と喜んだ覚えがある。それで東京人になったような気がしていたのだ。なんと単純な男だろう。

給料は安いが、社長で編集長のS氏が美味いもの好きで、よく食と酒はおごってもらっていた。先日、新宿歴史博物館へ行った帰り、懐かしくなって四谷近辺をぶらついていたら、よく社長と食べに行った美味い焼き鳥屋「ケン坊」が健在なのを確認してうれしくなった。荒木町のバー（男装でしわがれ声のママ）へもよく連れられて酒を飲んだ。

編集部に席を得て、東京中心に取材へ出かけるようになって、知らなかった東京を知るようになる。最初の取材は永田町の議員会館。議員秘書に話を聞く企画だった。振り向くと国会議事堂が見え、冗談のようだが、この時初めて本物を拝んだのだ。「笑っていいとも！」収録の新宿「アルタ」へも行った。廊下ですれ違う芸能人も、いつもテレビで見る実物だ。タモリも実物で、すぐ目の前で息をしていることが、当たり前ながらなんだか不思議であった。著名人が普通に、わんさかいるのが東京であった。

映画欄を担当したおかげで編集部に舞い込む試写状を持って、よく銀座の各社試写室へも出かけた。淀川長治を始め、多くの映画評論家や著名人と同じ空間で、映画を観る喜びも知った。佐藤忠男、田中小実昌、立川談志、筑紫哲也などを試写室で目撃した。立川談志が女性（編集者であろうか）と隣り合わせで、私の真後ろの席に座り、映画が始まるまでずっとしゃべっているのを、ワクワクしながら聞き耳立てる、ということもあった。

電車の中、駅などでもじつに多くの芸能人や著名人を目撃した。これは枚挙に暇ないので割愛するが、数年前にも東京駅発の中央線で途中から小室等さんと隣り合わせ、ずっとおしゃべりさせてもらった。上京したばかりの頃なら、ただ黙っていただろう。それだけ東京に対して図々しくなったのだ。

東京を動くには、まず地下鉄を使いこなすことが肝要だが、複雑な地下鉄路線はなかなか馴染めなかった。まだ南北線や副都心線、大江戸線も開通していなかったのに、それでも充分に複雑で、迷うことが多かった。いつも路線とにらめっこし、パズルを解くみたいに乗り換え、移動していたのだが、ある時気づいた。路線図だけを見るのではなく、東京都の区分地図を参照すれば、たとえば赤坂見附駅から永田町駅へは、歩いた方が早い。日比谷、霞ケ関、内幸町なども同様で、わざわざ長い階段を乗り降りし、あるいは連絡通路を延々と歩くより、地上に出て少し歩けばいい、ということに気づいた瞬間は、目の前がパッと明るくなったような気がしたものだ。これはほぼ等間隔に縦横に交叉する大阪地下鉄を使っている頃には、知り得ない新感覚だった。

8

書き出すと次々にあふれるように熱を帯びた思い出が湧いてくる。ここからビデオを早回しすると、一九九一年秋に雑誌が休刊状態となり、給料の遅配が始まる。次の家賃が危ういという瀬戸際で、十二月に会社を退社し、再び路頭に迷うことになる。

またもや振り出しに戻った。東京生活もこれまでか、とも思ったが、一年半で得た編集とライター経験を簡単に捨てるわけにはいかなかった。もはや、丸裸に近い状態で上京した自分とは違うのである。なんとかなるはずだ。いや、この東京でなんとかしなければいけない。

すぐさま考えねばならないことがあった。これまで非常に低額とはいえ、毎月振り込まれた給料がなくなる。由々しき事態であった。もう少し安い家賃の部屋を借りる必要が出てきた。むしろこれは一つのチャンスだと考えた。上京したつもりが埼玉、というのもずっと気になっていたからだ。手紙や通信、種々の書類に住所を書くとき、それは意識された。この際、本当に「東京」に住むべきだ。しかも、一番住みたい町に一度は住んで、敗北なら敗北と認めて、白旗を上げればいい。

私は自分では意識したことはなかったが、こう考えてみると楽天家なのか。およそ二十年前の自分が、それほど絶望していたとは思えない。一度あきらめた人生を、大阪へ戻ってやり直すことは選択肢になく、どうしても東京にしがみつくつもりでいた。住みたい町に住むべきだ。すぐ思い浮かんだというか、最初からそう決めていたのが中央線の「高円寺」だった。職を失った一九九一年末、高円寺駅にとりあえず降り立ち、適当に選んだ不動産屋に入り、相談したところ、物件が見つかった。高円寺南五丁目、環七の東側、くねくね路地を南下した木造二階建ての大きな一軒家。一階に大家が住み、二階をアパート形式にして数名に間貸ししていた。つまり「方付《かた》き」の住所となる。

二階の階段を上がったすぐの四畳半洋間と六畳和室で、風呂はなく、シンクとトイレが洋間についていた。かつては、二室を別々に貸していたらしく、のち壁をぶち抜いて四畳半を洋間にし、トイレとシンクを付けたらしかった。

九一年末にフリーとなり、九二年より、ようやく憧れの高円寺に住めた。大阪時代に「鳩よ!」(マガジンハウス)という詩の雑誌の投稿欄に、ずっと原稿料をもらって現代詩の世界を扱う四コマ漫画を書かせてもらっていた。それは大阪の私と東京をつなぐ細い糸だったが、思い切って、会社を辞めた後に編集部を訪ねた。「鳩よ!」編集長のIさんは、数年前に創刊された「自由時間」の編集長になっていて、大阪にいるはずの私が、東京に出てきていることに驚いたようだった。事情を説明すると「それじゃあ、何か仕事をあげるよ」と、マガジンハウスに足場を置くフリーライター生活が始まったのだった。

9

転居通知やその他、住所を書くときに、東京都から始まり杉並区高円寺と続くのが妙にうれしかったことを今でもよく覚えている。高校時代に吉田拓郎の「高円寺」を聴いている若き日には、想像もつかなかった未来であった。「方付き」アパートの二階で、朝目覚めるとそこが高円寺だと気づいた時の感動は、しばらく続いた。電柱や家屋の住所表示に「高円寺」とあるだけでうれしい。バカみたいだが本当のことだ。

年収は二百五十から三百万円程度だったと思うが、フリーの身でまだ仕事が少なく、派遣で校正のアルバイトをしながら、月に数回のマガジンハウスのライター仕事をこなしていた。時間はたっぷりあった。高円寺をなめつくすようによく歩いた。夜は決まって北口路地裏のバー「テル」で水割りを飲んでいた。当時すでに七十代のおばあさんが一人でやっているバーで、八人入れば満席のカウンターしかない、常連以外は来ない小さな店だった。ここでまた多くの若者、人生の先輩たちと知り合いになる。「自由時間」でよく一緒に仕事をしたカメラマンのSくんは、高円寺在住の気持ちのいい好青年で、さっそく「テル」へ誘い、その後、高円寺を離れた私より、ヘビーな常連となっていく。古本屋、喫茶店、定食屋、中古レコード屋と、昼間から街をうろつく日々が始まった。愛用していた「ぴあ手帳」には、買った本や、観た映画のことなどを記し、東京での各種情報で膨らんでいく。

すでに九二年の春には三十五歳になっていたが、第二の青春を高円寺で味わっていた。今になっても途切れず継続する「サンデー毎日」での書評の仕事を最初にもらったのも、この高円寺時代だ。「テル」の常連の一人に「魚雷くん」と呼ばれる、丸めがねでおかっぱ頭の、声の小さな若者がいて、話してみると毎日新聞の書評欄の手伝いをしていると言う。「サンデー毎日」のフロアは竹橋「パレスビル」の三階（現在は移転）で、毎日新聞社文化部は四階。その奇遇に驚くが、東京にいると、こうして知り合いの知り合いが数珠つなぎになって、遭遇することは珍しくなかった。

大阪時代は、周りにいる人間のほとんどが大阪人という場合が多く、「出身はどこ？」と初対面で訊くケースは少なかった。東京に来て、日本全国の都道府県からの出身者と言葉を交わすようになる。大阪出身者も、東京では、異邦人だらけのなかの一異邦人に過ぎず、その環境に馴染んでいったのが高円寺時代だった。

高円寺に住んで二年目、東京で知り合った女性と一九九三年末に結婚し、川崎市多摩区へ引っ越すことになる。再び東京を離れたが、意識としては「東京人」だと思っていた。すでに東京はわが手中にあったのである。関西時代の自分と、上京してからの自分を二分して、双子のようだと考えることがある。ほぼ同じ自分だし、切り離すことはできないが、どこか違っている。細胞も何度か入れ替わったはずだ。

上京はハンデではなく、異文化の衝突により得たエネルギーはかなり大きく、今も私が仕事をしていく上で原動力になっている。河出文庫で、藤本義一『鬼の詩/生きいそぎの記』、織田作之助『五代友厚』と解説を手がけているが、これは私が大阪出身であることが、起用に大きく左右している。

今年もあたたかい春はやって来る。上京してきて、やはりよかったのだ。

あとがき

二〇一二年十月に出した『上京する文學　漱石から春樹まで』（新日本出版社、現・ちくま文庫）の続編のつもりで、書きはじめた連載が本書にまとまった。だから連載時には「続・上京する文學」と副題がついていた。近現代の文学者だけに的を絞った前著と違い、ここでは漫画家（藤子不二雄Ⓐ）、ミュージシャン（友部正人、松任谷由実）も加えた。時代はほぼ昭和、しかも戦後に限っている。松任谷由実は東京生まれ（八王子市）で、「上京者」とは言えないが、「ここが私の東京」というテーマを考える時、むしろ面白いと思ったのである。

あいにく雑誌が休刊となり、連載は途切れたが、私の中ではこれから先も、「上京者」は、ずっと続いていくテーマとなりそうだ。

今回、連載時に挿絵を担当してくださった牧野伊三夫さんに装幀もお願いした。雑誌が出来上がる時、牧野さんがどんな絵を描いてくださるか、いつも楽しみにしていた。その絵からインスピレーションを受けたことも再三であった。それまでつき合いはなかったのだが、単行本化する時、打ち合わせと称して、編集担当の田中陽子さんを交え、三人で飲んでから意気投合し、以後楽しい交流が続いている。じつは私も牧野さんも、東京都の同じ市の住人なのである。本ができたら、ぜひお近くで祝杯をあげたいと思っている。田中さんを巻き込んで、早くおいしいお酒が飲みたい。

編集担当の田中陽子さんには、連載時から単行本化まで、ずっとお世話になりっぱなし。私の思い込みや愚かなミスを、大きな眼でチェックし、何度も救ってくださった。いつもながら、本というのは著者一人で出来るものではない、と肝に銘じる次第である。

「上京」の本が、春に出るというのもうれしい。私は春になると、いつも少し切なくなる。一九九〇年春に、大阪から上京してきた頃のことを思い出すからである。

二〇一六年三月

岡崎武志

ちくま文庫版あとがき

再録された単行本版の「あとがき」にあるように、『上京する文學　漱石から春樹まで』（新日本出版社、現在ちくま文庫）に続く「上京」シリーズ第二作が本書となる。異色の文芸誌「en-taxi」に二〇一三年春から一六年冬まで連載、二〇一六年に扶桑社から単行本化された。連載分だけでは一冊にするのに枚数が足らず、別に発表した「佐藤泰志」編と、書下ろしで自分の上京物語を加えた。恥多き半生で、痛みを伴いながら思い切って血を流したのだが、書いておいてよかったと思う。

その後、翌年二〇一七年に私は還暦を迎えた。懇意にする東京・西荻窪の「古書音羽館」店主・広瀬洋一さんの肝いりで、駅前の老舗レストラン「こけし屋」（二〇二二年一日営業を終る。三年後に再開予定）大会場を借りて還暦記念トーク&ライブを開いてもらった。百名近い会場は満杯となり、後で広瀬さんに聞いたら「一件もキャンセルがなかったんですよ」とのこと。『知らない岡崎武志を捜したり読んだり』という還暦記念の小冊子まで作ってもらった。これは六十年の人生で打ち上げた私の最大の花火で、以後、苦境に追い込まれたり、我慢ならないことが起きるとこの夜のことを思う。あんなにたくさんの人から支援してもらったじゃないか、お前は幸せ者なんだよ、と。

還暦記念の小冊子で表紙の絵を描いてくれたのが、本書の挿絵と解説を担当してくれた牧野伊三夫さんだ。単行本「あとがき」にあるように、本が出たことで急速に親しくなり、しばしば牧野邸の酒宴に招かれる仲になった。その酒宴で知り合ったTさんが当時、本の雑誌社の編集者だったという縁で、同誌に連載されたのが「上京」シリーズ第三弾『憧れの住む東京へ』だ。奇しくも本書と同じ二〇二三年一月に単行本化される予定。もはやライフワークに。「上京」者ならではの仕事群だと思っている。

私は二〇二三年、大阪から上京して三十四年目の春を迎える。家のローンを完済し、年金受給者となった。東京は知らん顔していつのまにか私を包んでいた。

単行本で取り上げた十人の作家のほか、ちくま文庫版のために「草野心平」の章を書き下ろした。草野のことを考え、草野と付き合った数カ月は充実していた。また、十人のうち、二〇二二年四月七日に藤子不二雄Ⓐ氏が鬼籍に入られた。氏の著作を書評したところ、自筆の葉書で礼状をもらったことがある。藤子不二雄コンビを生んだ高岡市まで取材したことも懐かしい。

本書の編集は、このところ引き続いて登板の筑摩書房の窪拓哉さん。自分の息子ぐらいの年齢が編集者として伴走してくれるようになった。装幀も同じく引き続いて倉地亜紀子さん。両者とも頼りにしております。牧野伊三夫さんは解説の執筆とともに「草の心平」編のため新たに挿絵を二点描き下ろして下さった。感謝！

私の最初の「ちくま文庫」入りは二〇〇一年の『古本でお散歩』だ。解説は故・田村七痴庵こと田村治芳さん（『彷書月刊』編集長）。東京での恩人の一人だった。以来、古本関連の著作を中心に本作で「ちくま文庫」は十冊目となる。よくぞ、こんなに出してもらったものだ。「私の敬愛するちくま文庫から出してもらえるなんて！」と興奮を『古本でお散歩』のあとがきに書いた。本当にこの一点で、すでに上京した意味はあったと感激したものだ。「東京で暮らしはじめた時の、高揚と緊張は〝私〟を初心にかえらせる――」とは単行本時の帯文。本書の出版とともに熱い血潮をよみがえらせたい。

二〇二二年十一月筆

岡崎武志

岡崎さんの話、僕の上京

牧野伊三夫

我が家には、岡崎さん手製のギターの楽譜集が二冊ある。それから一九七〇年代の歌本とカポタスト。これらは岡崎さんが少しずつ持ってきたものだ。僕らは酔って興がのると、交代でギターを弾いて歌う。あるとき僕のギターの錆びた弦を見かねて、「新しいの買って来たわ」と、岡崎さんが何の予告もなく弦を張り替えてしまった。そんな岡崎さんのことを、僕は心のなかでいつも「兄さん」と呼んでいる。きっと兄がいたら、こんなふうに世話を焼いてくれるにちがいない。

僕のギターは初心者に毛の生えた程度だが、岡崎さんはちがう。けっこう上級者のコード進行を難なく弾きこなし、しかも歌いまわしも自分らしいものにしている。相当年季が入っていて、お手製の楽譜には、吉田拓郎、ユーミン、中島みゆきなどの曲が並ぶ。どれも歌詞の内容にぐっとくる歌ばかりだ。

岡崎さんの書く字は、針で米粒に書いたように小さくて細い。もし原稿用紙に書いてあったら、まるでマスのなかに黒ゴマを一粒ずつ並べてあるように見えるだろう。体もがっちりして声も張りがあるのに、どうしてこんなに小さな字を書くのだろう。これは岡崎武志に関する謎である。当然ながら手製の楽譜の文字も小さく、僕は何とか読もうと背中を丸めて、前かがみになる。本人はほとんど楽譜を暗記しているのでそのような必要はないが、それでもときどき目を近づけてたしかめている。

岡崎さんと出会ったのは、『ここが私の東京』の『en-taxi』での連載だった。あるとき扶桑社の田中陽子さんから挿絵の依頼があり、四カ月に一度、田中さんから原稿が送られてくるようになった。僕は田中さんに必要な資料を用意してもらって挿し絵を描いたが、毎回、原稿を読むのが面白くて仕方なかった。そして岡崎さんはわずかな期間にどうしてこれほど昔の話を掘り起こせたのかと不思議でならなかった。また、作家たちの足跡を追って岡崎さん自らがゆかりの地に足を運び、想像をめぐらせる姿も魅力的だった。僕は現場主義の人が好きなのだ。文学に疎い僕にとっては国語の授業のようでもあり、庄野潤三や石田波郷を知ることもできた。挿絵をしっかり描かないと岡崎さんに失礼になる。なんとか力作に見合うものを描かねばと、毎回緊張しながらアトリエの仕事にかかった。

とりあげる作家たちの渋さと、ちょっと硬派な語り口から、連載を重ねるごとに、僕のなかにだんだんと岡崎武志像のようなものができ、きっと夏目漱石の旧居が残る文京区あたりに住んでいるのだろうと勝手に想像をしていた。ところが、連載がはじまって二年ほどたった頃、原稿が遅れて岡崎さんから直接原稿が郵送されてきたことがあって、差出の住所を見ると、国分寺と書かれていたのには驚いた。しかも、当時僕が住んでいた家から自転車で十五分ほどの場所である。

その岡崎さんが、チリンチリンと陽気に自転車の鐘を鳴らしてサンダルばきで僕の家にやってくるようになるのは、連載が終わり、単行本として刊行されて武蔵小金井のもつ焼き屋で打ち上げをした頃ではないだろうか。

田中さんに誘われて、高円寺の古本酒場「コクテイル」で岡崎さんのギター演奏会を聴きに行ったことがある。中島みゆきの「ファイト」を歌うとき、岡崎さんはこの曲が生まれたきっかけである、中島みゆきのラジオ番組に届いた一通の手紙のエピソードを紹介した。中卒だからと会社でいじめられて苦しむ一人の女性から届いたもので、曲の背景をまったく知らなかった僕は、わずかに解説を聞いたことで歌が胸にせまり、涙が出そうになった。隣で田中さんも、ハンカチで目をおさえていた。すごいなと感動した出来事だった。

その後、岡崎さんが家に遊びに来るたび、解説つきの「ファイト」をリクエストするようになったが、あまりに何度もたのむので、ついにめんどうになったらしく、「もうエピソードはいらんやろ」なんて言う。それで一度だけ解説なしで歌ってもらったことがあるのだが、やはり、あの解説がなければだめなのだ。おねだりすると、しゃあないなという顔をして、舌をかみそうなくらい早口でやってくださる。思うに岡崎さんは、ずっとこんなふうに作品の背景を語り、よさをひとに伝えてきたに違いない。

連載中は、まさか夜な夜な酔っぱらっては馬鹿な話などして、一緒にギターで歌うことになるとは、夢にも想像もしていなかった。編集者やデザイナーなど、僕たちの仕事仲間の多くは遠く都内に住んでいるから、ふらっと気安く声をかけて、今夜一杯やりましょうか、というわけにはなかなかいかない。同業者の知り合いが少ない東京郊外の町に、尊敬でき、なんでも話すことのできる岡崎さんがいて、どれほどアトリエでの孤独な仕事から救われているだろう。僕らは小津安二郎監督の映画がたいへん好きなのだが、あたりまえに話ができることもうれしい。まったく、この『ここが私の東京』のおかげなのだ。

岡崎さんに、本の解説の代わりに僕の上京について書くようにたのまれたので、蛇足を承知で書かせていただく。

僕の上京は、一九八三年の春。県立の小倉高等学校を卒業して、八王子にある多摩美術大学に通うための上京で、はじめて生まれ育った小倉の街を出て暮らすことになった。子供の頃からずっと見てきた足立山や、青い関門海峡の海に別れを告げ、小倉駅で家族や友人たちに見送られ寝台特急で東京に向かった。車中でのことは、まったく覚えていないが、おそらくウォークマンでRCサクセションの「雨あがりの夜空に」を聴いていたはずだ。それから四十年になる。

入学すると、大学の敷地内にある学生寮に入った。部屋はたしか八畳、あるいは十畳ほどあったかもしれない。西洋の家のように天井が高くて、畳はなく板床だった。白い漆喰の壁に木製のつくり付けの二段ベッドがあり、一学年上の先輩と二人で利用することになっていた。寮生たちのほとんどは地方出身者だ。

寮に入ったのは親が東京での一人暮らしを案じてのことで、僕が知らないうちに大学へ申し込んでいた。母はよほど心配だったらしく、家を出るときにひも付きの財布を作って僕に持たせた。僕は言われた通りそれを首から下げて肌着の下に忍ばせ、どこかからスリや盗賊が現れるのではないかときょろきょろしながら街を歩いた。

山のなかの大学には、マムシやタヌキがいた。向こうの山の上の牧草地には羊の群れも見え、工業都市で育った僕は、のんびりした田舎の景色をうれしく思った。都会への憧れというものは、まったくなかった。

高校三年から本格的なデッサンを学んで、ずいぶん遅い美術学科の受験勉強をはじめたから、運よく合格しただけだというコンプレックスがあり、入学後、夕方授業が終わると石膏像が置いてある部屋へ行って独りデッサンをした。

間もなく夏休みになり、寮生たちは帰省したり、合宿の免許をとりにいったりした。残った何人かもアルバイトに出かけたが、僕は何もしないことに決めていた。それで日中、広い寮のなかには僕一人になった。朝は、自然に目が覚めた時間に起き、食事をとる以外、ほとんど何もしない。夜は眠たくなったら眠るという入院患者のような生活をして、ただボンヤリとしていた。東京に友達は一人もなく、自分のことを誰も知らない場所に一人でぽつんといるだけで楽しかったのだ。東京に来た頃をふり返って、いつもまっさきに思い浮かぶのは、その部屋の窓から眺めていた山の景色である。大学の授業が終わると学生たちはみんな校舎から去っていき、暗い山のなかに寮の灯りだけが灯る。遠くからフクロウの声も聞こえ、まるで山小屋のようである。寮には食堂の他に大浴場があって、食事を終えてしばらくたつと、

「お風呂が沸きました。お風呂どうぞー」

という放送がある。すると寮生たちが、いっせいに洗面器とタオルを持って駆け込んでいく。あるとき僕は、一番風呂をせしめてやろうと、放送を待たずに浴室にとび込んだ。すると、なんと湯気のむこうに素っ裸の管理人のオバさんがいるではないか。まさかオバさんが大浴場を利用しているとは、知らなかった。大声で追い返されたが、

「あら、あら、あらぁ」という甲高い声をあとで思い出して、しばらく腹を抱えて笑った。

美術大学というところは、のんびり絵を描いてすごせると思っていたのだが、案外忙しく、夕食後は課題の制作に追われ、ときには徹夜をすることもあった。夜中に腹が減ると、みんな給湯室へやってきてインスタントラーメンを作って食べる。丼ぶりを使う人はおらず、立ったまま雪平鍋をすすった。これがなかなか楽しい時間で、田舎者同士、お国訛りで郷里のことや、作っている作品のことなど話した。

二年になった頃、京王線の府中駅から歩いて二十分ほどかかる、畑と栗林がひろがったところにあるアパートに部屋を借りた。この頃、一人で静かに過ごす時間が増え、作品として絵を描くことを意識しはじめた。壁に「沈思黙考」と貼り紙をして、自分の心のなかをのぞき、ノートに思い浮かぶことを言葉や絵にして、未熟ながらも作品制作を試みるようになった。ヴェランダに部屋の家具を出し、床を養生して壁に大きな紙を貼り、近所迷惑もかえりみずレゲエのレコードを大音量でかけて踊りながら描いたこともある。

わずかながら酒の味もおぼえてきたが、コンパは苦手で誘われても行かず、よく府中駅前の居酒屋へ一人で飲みに行った。「酔呑」という小さい店で、何故だか僕はその大将に気に入られ、金はいらないとよく晩ごはんを作ってもらった。大手企業を脱サラして一人で店をきりもりしていた大将はひどく気難しい人で、僕一人しかいないのに、客が来ると怒ったような顔をして「満席だ」と追い返すところを何べんも見た。「芸術家は、旅をしなくちゃいけないよ」というのが口癖だった。

僕は本当は油絵科に入りたかったのだが、美術学部デザイン科グラフィックデザイン専攻というところに在籍していた。父に美術大学に行くことを猛反対され、デザイン科ならば社会性もあるしよかろう、ということで、かろうじて受験することを許してもらったのだ。地方の実業家である父は、息子が芸術の道へ進むなど許さないと固かった。しかし、入学すると、だんだんとデザインの授業に興味が持てなくなり、次第に油絵科や芸術学科の学生たちと交わるようになっていった。彼らを通じてジョン・ケージなどを知り、「芸術」というものの魅力に心惹かれていく。なんだかさっぱりわからなかったが、わからなければわからないほど、知らなければ知らないほど面白いと思えたのだ。

バブル経済絶頂の一九八三年当時、ヨーゼフ・ボイス、ナムジュン・パイク、ロバート・ラウシェンバーグなど、日本にはさかんに現代美術と呼ばれる新しい芸術が美術館やギャラリーで紹介されていた。アーティストを目指す人、絵描きや版画家になる人、さまざまいる中で、僕は、郷里にいた頃ちょっと絵が得意だったなどという自信が完全に消え失せていく。そして暮しの愉しみ程度に思っていた美術を、学問だとか、仕事だとかと考えるようになり、自分のやるべきことは何かと悩むようになった。やがて芸術というものがすぐそばに、確かにあると感じながらも、どう関わればよいかわからないことが苦しくなり、自己を喪失していった。自分には表現すべきこともなく、ひどく未熟な描写力があるだけだったのだ。芸術について考えるほど、メランコリックな感情に精神を支配されていき、入学当初の陽気で健康的な気分は薄れていく。そして表通りをまぶしく思い、暗い裏通りを歩く方が楽になった。芸術の力はあまりに強烈で、目の前の現実から自分を引き離して、どこか遠い世界に連れていくと思われた。

今考えてみると、ついこの間までまじめに学校に通い、水泳部に所属してプールで泳いでばかりいた平凡な田舎の高校生が、ちょっとデッサンの勉強などして美術大学に入学したくらいで絵や芸術をわかった、などというのは、実に滑稽である。そもそも、絵や芸術は学校で教わってできるものではない。わずかに理解できたかもしれないと思えたのは、それから何十年も先のことだ。しかしながら当時はそんなふうに考える心のゆとりもなく、東京の美術大学に足を踏み入れて、生まれてはじめて芸術の洗礼のようなものを受けていた。

この大学を卒業して五年ほど、東京丸の内にあった広告制作会社サン・アドにデザイナーとして就職したが、五年ほどしたころ、山口薫の画集を見て、画家になることを決めた。絵も好きだったが、絵の傍らに編まれていたアトリエでのつぶやきのような詩に心うばわれて、心酔したのである。また、偉そうだと思われるかもしれないが、肥満したこの国の経済状況のなかでアーティストばかりがもてはやされ、その陰で消え去った画家を俺が蘇らせてやろう、などと大それたことも考えていた。

高校を卒業して以来ほったらかしにしておいた油絵具を郷里に取りに行き、どんなに時代遅れと言われようが、貧乏をしようとかまわない、地に足をつけた生活をして一から画家としての勉強をやってみたくなったのだ。そして、なんの生活の算段もないまま、武蔵小金井の古びたアパートの六畳をアトリエにして、絵を描く生活をはじめた。しかし、一大決心をして会社を辞めたというのに、いざ描きはじめてみると、そもそも画家とは何であるかがわからなくなり弱った。何か賞など受けると画家なのか。絵が売れたら画家か。これは職業なのだろうか。そのようなことをつべこべ並べたてたところで仕方がない。ただ無心に描けばよいとも考えたが、一体自分はどんな絵を描いたらよいのだろうと迷いは深まるばかりだった。

とりあえず会社を辞めた年の夏は毎朝弁当をつくって近くの野川公園や小金井公園へ行き、樹木の絵ばかり描いていたが、やがて夏が終わり、描きためた絵を国分寺の名曲喫茶「でんえん」の壁に並べたのが、最初の個展。すでに電車代もままならぬ経済状況であったから、サン・アド時代の同僚や上司たちが絵を買ってくれたのは、ずいぶんありがたかった。その後の生活の浮き沈みはなかなかのものであったが、絵筆を手放そうと考えたことは一度もない。そして、いつのまにか五十八歳になった。他にもっとよい道があったかもしれないが、たぶん何をやってもだめだったろう。僕は絵を描いていないと生きていけない。一体、どうしてこれまでやってこられたのか不思議だが、東京という町があったからということは、たしかである。

これまで上京について断片的にふり返ることは何度かあったが、腰をすえてその記憶を追ってみたことはなかった。おそらく岡崎さんと会わなければ、一生なかったかもしれない。

（まきの・いさお　画家）

・本書は二〇一六年四月に扶桑社より刊行されました。
・文庫化にあたり加筆、修正の上、書き下ろし「草野心平　人生いたるところ火の車あり」を加えて再編集を致しました。
・ＪＡＳＲＡＣ 出 ２２１１２２０１４—０１
・編集協力　田中陽子

ちくま文庫

ここが私《わたし》の東京《とうきょう》

二〇二三年一月十日　第一刷発行

著者　岡崎武志（おかざき・たけし）
発行者　喜入冬子
発行所　株式会社　筑摩書房
東京都台東区蔵前二―五―三　〒一一一―八七五五
電話番号　〇三―五六八七―二六〇一（代表）
装幀者　安野光雅
印刷所　星野精版印刷株式会社
製本所　加藤製本株式会社

乱丁・落丁本の場合は、送料小社負担でお取り替えいたします。
本書をコピー、スキャニング等の方法により無許諾で複製することは、法令に規定された場合を除いて禁止されています。請負業者等の第三者によるデジタル化は一切認められていませんので、ご注意ください。
© TAKESHI OKAZAKI 2023 Printed in Japan
ISBN978-4-480-43859-1 C0195